Das Floß

Das Hornissennest

Der Schule entwachsen

Der Wacker Willi u. sein Gockel

Die Welt des Kranken ist eine andere Welt

Der Fenstergucker

Allen Gewalten zum Trotz

Marianne Menzel
's Kätherle läßt d'Katz aus em Sack

Marianne Menzel

's Kätherle läßt d' Katz aus em Sack

Schwäbische Erzählung

Verlag Karl Knödler
Reutlingen

© Copyright bei Verlag Karl Knödler, Reutlingen
Alle Rechte, einschließlich derjenigen des auszugsweisen
Abdrucks und der fotomechanischen Wiedergabe, vorbehalten.
Printed in Germany 1986
Umschlagzeichnung: Rosemarie Bauer
Zeichnungen auf dem Vorsatz: Marianne Menzel
Herstellung: Druckerei Harwalik KG, Reutlingen
ISBN 3-87421-144-4

Zur Eiloitong

S ischt scho so a oigener Menschaschlag, der do em württabergischa Ländle leabt. Von dr Alb bis nah en s Onderland hot do jeda Gegend ihre bsondre Mödala.

Schwoba send se zwar älle, s kommt bloß druf a was für oine. De meine, übr dia i schreiba möcht, leabet am Übergang von dr Alb en s Onderland, hauset grad so zwischadrenna zwischa de Oberländr ond de Onderländr. Wenn s om d Rechtschaffaheit goht, no zählet se sich gera naufzua zu deane von dr Alb, wo no am Sonntig von jedem Haus wenigschtens no ois en Kirch goht. Handlet sich s aber om d Aufgschlossaheit für s Nuie, no schillet se liaber s Tal nah ond moinet drzua: Sia seiet doch koine von dr hentra Alb, sia seiet genau so hell wia dia Stadtleut nahzuas.

Ja, so send se halt dia Schwoba, so fescht se ao am Alta hanget, wonderfitzig uf ebbes Nuis send se doch, nuigierig ond wonderfitzig wia alte Jongfra.

Ansonschta ka ma nex über se klaga. Se schaffet ond schparet, se schempfet ond deants oinaweag ond se zahlet ihra Sach, so läßt sich koiner nex nochsaga.

S hot natürlich wia überall Sottige ond Sottige ond Oinige send ao no bsonders Knitze. Mit Knitze moint ma Selle, dia en ganz en oigana Humor hänt, so en stilla. Se drucket s oim no so na, so helenga, selle Blitz, selle elendige.

Ond grad a sottiger isch ao dr Kirchhofbauer gwea, a echtr Schwob wia r em Buach schtoht. Er hot mit seinr Anna, seim Annale, seim Weible, a klois Baurawerkle omtrieba ond neabaher älles gführt, was hot wölla gfahra sei. Beim Finanzamt isch des ondr dr Rubrik »Fuhrbetrieb« eitraga gwea. So hot dr Bauer mit seine Gäul Brennholz us em Wald gholet ond de Leut vor d Häuser gführt. Er hot ihre Omzüg gfahra, ihre Hochzeita, ond wenn s oine nobel hänt hao wölla sogar no glei d Tauf. Für d Stadt hot er seine Rösser vor d Teermaschee gschpannt, hot an de Kehrichttäg da Kutterwaga durch d Schtroßa gfahra ond en später uf dr Rabamischte wieder aglada. Em Wenter hot ma Schnai gführt ond für dia Brauereia s Eis von de Eisapperät zu ihre Eiskeller transportiert. Ao manch beßra Gsellschaft hot sich vom Kirchhofbauer en oiner seiner Kutscha oder wenters gar em nobla Pferdeschlitta führa lao. Dr Bauer hot nämlich an Herrschaftsschlitta, an Landauer ond en Victoriawaga ghet ond ao no a klois Kenderkütschle, des am Kenderfescht d Goißa zoga hänt. Er hot seine Gäul vor da städtischa Leichawaga gschpannt ond mit dr Kutsch da Herr Pfarrer zu de Beerdigonga abgholet. Natürlich hot er ao bei koim von de Omzüg fehla derfa, weder zur Fasnet no zom Schütza- oder Kenderfescht.

Seine geduldige Rösser wars egal was se zoga hänt, Leut oder Miischt. Ehm aber, em Bauer, waret d Leut fascht liaber, denn dia hänt sich selber auf- ond aglada.

Zu seller Zeit, wo dui Gschicht afangt, hot dr Bauer scho a Familie ghet: sei gattigs Weible, sei schaffigs, sei Annale, a fönfjährigs Töchterle, a ruhigs Mädle, ond en vierjähriga Bua, sei Jörgle, sein Stammhalter.

S war em zeitiga Frühaleng ond s Weib war grad wieder schwanger, hochschwanger isch se sogar gwea, ond so hot s no agfanga.

So hot s agfanga

»Dua no schtät«, hot dr Kirchhofbauer zu seiner Anna gsait ond hot se ganz vorsichtig vom Bernerwägele raglupft.

»Brauchscht fei ja et hudla en deim Zuaschtand«, hot r no no gmoint, ond de Kender no ao ragholfa. No erscht hot r seine Gäul omgschpannt an d Wiesaegget na. Mit der isch r no d Gwandt auf ond a gfahra, damit s dia Miischtbolla uf dr frischdongeta Wies awenga verruatlet hot. S Weib ond Kender hänt mit de hölzerne Gabla henterher gscherret wia so a paar Henna, ond des hot ma bei de Baura Miischtkitzala ghoißa. Dean so veriebana Miischt hot dr Reaga no besser en da Boda nei wäscha könna. Etliche Wocha schpäter hot ma no des übrigbliebene Schtrao agrechet ond dia Wiesa send henterher sauber gwea ond donget.

S war a schöaner Frühalengstag ond d Bäure hät gera des Wiesle vollends fertig kitzelet, doch s Kätherle, dui Donnerskrott, hot s halt et verwarta könna, om en dui buckliga Welt nei z komma. Se hot druckt ond druckt, ond wia dr Bauer grad wieder d Gwandt abe komma isch, hot em sei Anna mit schmerzverzerrtem Gsicht hergwonka. Was isch em Ma onder sotte Omschtänd andersch übrig blieba, als daß r mit zittrige Händ so schnell wia möglich seine Rösser wieder omgschpannt hot, na ans Bernerwägele. No hot r seim schtöhnenda Weib naufgholfa ond dia Kender send vor lauter Angscht om d Mamma glei von selber naufkrabblet. Dr Bauer hot seine Gäul et gschonet. ond bald schneller wia d Fuierwehr isch s em Galopp dr Hoimet zua ganga. Em zwoitletschta Haus hot ma ao glei no d Hebamm mitgnomma, ond des war guat, denn d Bäure isch kaum no recht ens Bett neikomma, do isch des Dondersmädle ao scho do gwea ond hot ao glei en d Welt nei brüllt.

»Ja heida Schtuagert aber ao«, hot dui Hebamm gschnaufet, denn de Jöngscht war se nemme, »dui Krott hots aber amol pressant!« Se hot en dr Aufregong an ihrem Schurz romgneschtlet ond oifach et da richtiga Knopf ens rechte Loch neibrocht. Endlich isch no doch soweit gwea ond se hot sich om s Kendle kemmra könna. No hot se äll dia Handgriff doa, dia ma en so ma Fall doa muaß: se hot des Kendle abgnabelt, hot s rom ond nom drehet, zom Gucka, ob älles dra sei. No hot se zom Bauer, der mit ganz verklärte Auga dogschtanda isch, gsait: »A Mädle isch, a gsonds! Jetzt aber mach, daß e a hoiß Wasser kriag, damit e dia zwoi do wäscha ka!«

Druf isch dr Bauer zur Tür naus gschtolpret ond hot glei druf en dr Kuche romhantiert, wo em dia Kender et von dr Tatz ganga send. D Hebamm hot en dr Schlofschtub d Bäure vollends auszoga ond richtig neibettet. Ebbes schpäter, wo d Kender mit graoße Auga ond offene Mäuler an dr Hand vom Vater ens Wiagle neigucket hänt, hot d Hebamm gfroget: »Wia soll denn s Mädle nochher hoißa?« D Bauersleut hänt an-

ander aguckt ond no hot er gmoint: »I denk, ma sott se noch ihrer Dote hoißa!«

»Jo, jo, Kätherle, des wär a netter Nama, ond dei Schweschter dät sich freua«, hot d Bäure zuagschtemmt, ond d Auga send ehra scho fascht zuagfalla vor Schwäche, denn wenn s ao schnell ganga isch, a Geburt bleibt halt doch a Geburt.

Ja, so hot s agfanga mit em Kätherle, ond als Neschthäkle isch se ao ganz schöa verwöhnt wora. Aber natürlich et so, wia ma dia Kender heutzutag zom Toil verhätschalet, noi werrle, bloß dr Vater, dr stolze, hot deam Mädle ab ond zua da Schnille en Zuckerdos neidonket ond sich gfreut, wenn dui kloina Krott no recht zutzlet hot. Eigentlich hät sich ja dr Bauer nomol en Bua gwönscht ghet, aber er hot bald merka derfa, daß an seim Kätherle sowiaso a Bua verloara ganga isch, so a Lauskrott war se von Afang a. Da Kenderwaga hot ma schpäter zwischa Kommod ond Bank eizwänga müaßa, sonscht hät en des Lausmädle mit lauter Schaukla ond Gautscha dauernd omgschmissa.

Ond so isch weiterganga:

Dia zwoi Gschwischterla vom Kätherle hänt et so recht begreifa wölla, worom ma dui Kloina überhaupt no braucht hät. Nex Gscheits könn ma sowiaso et mit ra afanga, hot s Jörgle gmoint. Er häb ra extra de scheckig Hauskatz gfanga, de schöa dreifärbig, ond ra en da Kenderwaga nei doa zom Spiela, aber des domme Deng häb bloß glei brüllt wia am Spiaß.

»Ha no ond i«, hot em d Schweschter zuagschtemmt, »i hao se wölla bloß a bißle rombetta en mein Puppawaga nei, damit se ao aweng a Abwechslong häb. Doch glei isch d Muater komma ond hot me gschempft ond i hao s nemme doa derfa!«

»Wenn d mi frogscht«, hot s Jörgle druf na weltmännisch feschtgschtellt, »no isch des a ganz onaitiga Aschaffong gwea mit dera Kloine do.«

Dui Eisicht hot deane zwoi aber et viel gholfa, denn bald isch ao no schlemmer komma: se hänt nämlich müaßa Kendsmagd macha, ond grad des hot en halt zeitweis gar et en ihren Kram paßt.

So war s ao an sellem Tag, d Eltra send uf em Feld gwea, ond dia zwoi hättet s Kätherle hüata sotta. Sia aber wäret halt liaber zu ihre Kamerädla zom Spiela ganga.

»Was deant mr jetzt?« hot s Jörgle gfrogt. »Mit em Kenderwaga könnet mr et henta übers Wiesle nafahra.«

»Ond wenn mr se en da graoßa Wäschkorb neibetta däte?« isch em Klärle a Idee komma, ond so hänt ses no ao gmacht. Se hänt des Kätherle en Wäschkorb neibettet, ond des isch guat ganga. Ois rechts am Griff, ois lenks am Griff, so hänt ses gnomma ond send losgrennt, henta übers Wiesle na, dr Lauxamühle zua. S wär ao ganz guat ganga, wenn s Jörgle et en a Loch neidrappet ond druf da langschtreckta Weag naghaglet wär. Er hot da Korb fahra lao, ond d Schweschter vor Schreck ao. Kend, Korb ond Kisse send em hoha Boga gfloga ond schpäter weitergruglet da Berg na, s Kätherle am weiteschta, weil se doch so schöa rond ond pumelig gwea isch. Do onda isch se no gleaga schtomm ond schtill. Deane zwoi Übeltäter isch ganz andersch wora. Se hänt ganz entsetzt nagucket.

»Se schreit et!« hot s Jörgle gschtottret, »se schreit doch sonscht emmer glei wia am Schpiaß!«

»Ja moischt se sei daot?« D Schweschter hot ganz donkle Auga kriagt, ond se send vor lauter Schreck bloß dogschtanda wia agwurzlet. Do plötzlich isch onda a Brüller losganga ond no a Gschroi, des deane zwoi Gschwischter wia Hemmelsmusik klonga hot.

Jetzt send se aber nagroiflet wia dr Blitz, hänt des Kendle aufgehebt, hänt s gschauklet, hänt s an sich nadruckt vor Freud ond gschtreichlet ond tröschtet. Hänt no Korb ond Kisse eigsammlet, s Kendle wieder neibettet, ond send schnurstraks wieder naufgschtampfet da Berg ond send hoim. S Schpiela isch en plötzlich verganga gwea.

Dr Keuchhuschta

Oifach hot s dr Dokter uf em Land früher et ghet, denn gholet hot man erscht, wenn älles andere et gholfa hot.

Zerscht isch ma nämlich zu ra Nochbre ganga oder zom Schäfer, wenn grad oiner en dr Nähe gwea isch, ond hot dia gfrogat. S hot ao do ond dort so Kräuterweibla geba, sogar ao sodde, dia wo d Kranketa beschprocha hänt. Ganz aloi hänt dia mit em Kranka sei wölla, denn nemerd hot ihren »Sermom« haira derfa, dean se raplappret hänt. Ao dr Handelsjud hot et bloß mit Wagaschmiere ond Bürschta ghandlet. Sei Huckete hot außer Schuabändel, Bodawachs ond sonschtigem Kram meischt ao Hoilsalba ond ällerloi »Mittela« enthalta.

Zom Kirchhofbauer isch von Zeit zu Zeit dr alte Jossi komma, a Handelsjud mit ma graoßa Buckelkorb. An sellem Korb isch ällerloi schperrigs Zuigs, wia Besa, Bürschta, Kachla ussa na ghenkt gwea, ond von enna raus hot ma so guat wia älles kaufa könna: Nodla, Fada, Schpitza, Gommibänder, Soifa, Reißnägel ond so weiter ond eba ao jene Salba ond Mittela.

Wia dr Jossi grad wieder amol am Hof vorbeikomma isch, do isch dui Kirchhofbäure richtiggehend fraoh gwea. Se hot sich zu seller Zeit grad schiergar nemme zom Helfa gwißt, denn älle drei Kender hänt da Keuchhuschta ghet, ond älle Mittela, et amol dui teura Arznei vom Dokter hänt agschlaga. Do hot des Weible em Jossi ihra Loid klagt. Der hot a Weile da Kopf gschüttlet, denn koi fertigs Mittele hot er für dui Sach ao et drbei ghet, aber en Roat hot er gwißt: »Muascht nemma Oimer, Bäure, sammla drüba am Berg Schnecka, bloß roate, lange, viele. Zucker drüber, zwölf Stonda schtanda lao. Gibt schöana roata dicka Saft, des geba deine Kender, des hilft.« Dr Bäure wär jedes Mittele recht gwea, wenn s no endlich helfa dät. Drei kloine Kender, dia Tag ond Nacht bägget, ond bei deane s äwel am Verschticka ra goht, dia bei dr Weil über da Tisch nei schpucket, des hält koi Mensch et aus.

Se hot em Jossi a Schtückle Rauchfloisch eigwicklet, hot da Weihnachtsschnaps henta viere gholet ond eigschenkt, ond hot sich hondertmol bedankt. Glei am sella Tag isch se no nom an Berg, d Magd hot ao helfa müaßa, ond weil s erscht gregnet ghet hot, hänt dia zwoi Weiber schnell ihre Oimerla voll ghet.

D Bäure hot se guat eizuckret, ond glei am andra Tag de Kender von seller schlenziga Arznei eigeba. Ond des hot gholfa, ehrlich.

Ob sich dia zwoi graoße Kender vor lauter Eckel nemme traut hänt zom Huschta oder ob dui Schlenze wirklich en Wert ghet hot, des müäßt dia Wissaschaft erscht klära, uf älle Fäll, s Kätherle isch no z kloi gwea zom Begreifa, ond ihra hot dui süaßa Schlenze gschmeckt, se hot et no gschlotzet ond gschleckt.

De erscht Sünd

So kloi ond owissend wia beim Keuchhuschta isch s Kätherle et blieba. Se isch gwachsa ond a leabhafts, aufgweckts Mädle wora. Domm isch se grad et gwea ond se hot sich äwel ebbes denkt bei dr Sach, doch grad desweaga isch se ao glei neidabbet en d Sünd. S Denka war halt scho von jeher a gfährlicha Agelegaheit, de oine glengts, de andre et.

S war a arma Zeit en Kätherles früher Jugend ond arg viele Bettler send onderwegs gwea. Dodrbei hot doch jeder selber spara müaßa. Überdes, wann muaß dr Schwob des et? Ja, zu seller Zeit hots könna sei, daß em Tag vier oder gar fönf von sotte Kerle an d Tür komma send zom Bettla. Koi Wonder, daß des dr Bäure oft doch z bont wora isch. So hot se, wenns klopfat hot, erscht amol helenga hentrem Vorhang nausgucket ond wenns a Bettler war, hot se no bloß s Kätherle an Tür gschickt ond se saga lao, sei nemerd drhoim. S Kätherle hot sich zerscht nex drbei denkt, se hot doa, was ma se ghoißa hot. Oimol aber, wia grad wieder a Bettler ans Haus nagloffa isch, s Kätherle war grad zuafällig em Hof beim Spiela, do hot s Mädle s Denka agfanga ond hot sich an ihre frühere Aufträg erinnret. Se isch schnurschtracks zu deam Ma na ond hot gsait: »Bei os isch nemerd drhoim!«

Em gleicha Augablick hot aber scho ao d Muater s Feischter aufgmacht, weil se hot noch em Kätherle gucka wölla.

Dr Bettler, s ischt a ganz alter Ma gwea, hot sich noch em Mädle omdrehat ond se mit ma Blick agucket, der ehra durch ond durch ganga isch. Gsait hot dr Fremde nex. S Kend hot aber uf oimol gwißt, daß se gloga hot ond daß ma des et sot. Do hot se ganz arg heula müaßa ond d Bäure war ganz erschrocka ond hot scho denkt, der Ma häb em Kätherle was doa. Doch noch ond noch hot ses rauskriagt ond do hot Bäure ihra Kätherla tröschta wölla ond hot gsait: »Woischt Mädle, so schlemm isch des gar et, des war doch bloß so a Notlüag, dui braucht ma halt ab ond zua, des machet älle so.« Do isch s Kätherle ganz still wora. Widerschprecha hot se dr Muater ja et könna, doch en ihrem Herza hot ses besser gwißt. Von deam Tag a hot se sich oifach gweigret an Tür zom ganga om ebbes Falsches zom saga.

Viele Johr schpäter hot ma en dr Schual amol dui Gschicht vorgleasa, wia dr Herrgott verkloidet uf dr Erde onderweags war om dia Mensche zu prüafa. Do isch em Kätherle ao glei wieder seller Bettler von domols en Senn komma, ond von Schtond a war se sicher, daß des domols bloß dr Herrgott persönlich hot sei könna. Gwurmet hot ses natürlich scho ganz gehörig, daß se halt domols scho glei so en schlechta Eidruck gmacht häb, glei zom Afang von ihrem oigana Leaba.

Kätherles Abstinenz

Weil s Jörgle, ihra Bruader, vier Johr älter gwea isch ond vom Kätherle aus gseha scho so graoß ond schtark, war er für sui des nochahmenswerte Vorbild. Ehm hot des natürlich wohl gfalla, denn so hot er ageba ond sui hot gfolget.

S isch no en Jörgles Grondschualzeit gwea, do hot sei Klass en nuia Lehrer kriagt, ond seller Nuie war a Greener. Ja werle, des hot s ao domols scho geba. Der guate Ma hot vor deane verschreckte Schüaler gwettret ond gschempft gega da Alkohol, gega s Raucha ond ao gega dui verwoichlichta Koscht mit Kuacha, Weißbrot ond Zuckerzuig. No hot r deane Kender erklärt, daß dr Mensch us Erde gschaffa sei ond desweaga ao a derbs, erdhafts Essa brauch, om gsond z bleiba. »Dr Mensch braucht dui Berührong mit dr Erde, denn des isch sei Element«, hot er no gsait. »Ond er muaß ao jeden Tag ebbes von ra zua sich nemma!«

Wia r des gsait hot, ziagt r a Gückle mit Heilerde us dr Tasch, zoigts deane Kender, ond ißt aweng drvo. Dia Kender hänt Maul ond Auga aufgschperrt ond hänt ganz ehrfürchtig zom Sandkaschta nom gschillet.

So a graoßer Sandkaschta isch früher en de meischte Grondschualklassazemmer gschtanda, weil ma an deam fascht schpielerisch de Kender ihra Omwelt, Berg, Hügel ond Täler, hot zoiga könna. Seller nuie Lehrer muaß a graoßa Überzeugongskraft ghet hao, denn wia der noch dr graoßa Paus wieder ens Klassazemmer zruck kommt, send seine Schüaler älle om da Sandkaschta rom gschtanda ond hänt Sand gessa, ao s Jörgle.

Drhoim hot er no sei nuis Wissa natürlich brühawarm glei seiner kloina Schweschter, em Kätherle beibrenga müaßa. Uf des na hänt se no boide etliche Täg äls aweng saubera Dräck gveschpred. S isch en no aber bald z domm wora, ond se hänt s wieder bleiba lao.

Bloß des mit em Alkohol, des hänt se durchghalta. Se hänt boide von Schtond a koin oiziga Schluck mei von Kirchhofbauers guatem Moscht tronka, sondern bloß no Wasser, Milch ond Säft. Do hot jetzt dui arma Bäure no a Arbet weiter ghet, denn se hot für dia zwoi Krabba Säft eikochet. Beer hots ja gnuag ghet.

De graoß Schweschter, s Klärle, hot sich aber et apoppela lao, sui hot weiterhin ihren Moscht tronka. Se hot des ohne ersichtlicha Schada überschtanda, ond deane zwoi Reformer hot ihra Enthaltsamkeit ao gwiß et schada könna.

Dr präparierte Hereng

En oregelmäßige Abschtänd ischt von Zeit zu Zeit zu Kirchhofbauers a Hausnähre komma. Se war a hagers ältlichs Weible mit ra Nickelbrill uf ihrer schpitziga Nas ond se isch no en Tracht ganga. Se war so dürr, dui Nähre, daß ma ällaweil denkt hot, se werd grad bloß no von der schwera Tracht zemmaghebt. En ra bauchiga schwarza Tasch hot se ihre Utensilia, Schera, Nodla, Zentimeter, Sacktuach, Fengerhuat ondsoweiter mitbrocht. Wenn se so drhergschlurfet komma isch, hot se ehrlich ausgseha wia a Hex, aber se war koina, noi werle, des gwiß eta, denn se war s liabschte ond s nettaschte Weible, des ma sich no hot denka könna. So hot se z. B. koi oizigs mol gveschpred ohne et de Kender a Bröckale ab zom geba. Ja so war se. Se war gwiß et aschpruchsvoll ond hot älles gessa, was uf da Tisch komma isch. Bloß zom zwoita Frühaschtück, so gega halberzehne, do hot se ihren Bismarkhereng wölla, do druf isch se beschtanda. Des war ao weiter et schlemm, denn onda an dr Schtroaß, bloß grad da Berg na vom Hof aus, isch a klois Lädle gwea. En selles Lädle hot ma ois von de Kender nagschickt, meischt war des s Kätherle, weil de andre ja om dui Zeit scho en dr Schual gwea send, ond hot uf ma Teller so en Hereng hola lao. So wars ao domols. D Muater hot en Teller von dr Kucheschanz raglanget ond hot gsait: »Kätherle, schpreng schnell na ens Lädle ond hol dr Nähre ihren Hereng!« ond mai zu sich selber hot se no gmurmlet: »Hoffentlich isch ao no offa, denn heut wird doch dr Frau Schmid ihra Bruader vergraba.« S Kätherle isch gschpronga wia a Has, denn erschtens hot se d Nähre möga ond zwoitens hots em Lädle emmer a Bombo geba. Se hot Glück ghet ond dui Schmide no atroffa. Se war zwar scho azoga mit ihrem schwarza Trauerhäs ond hot scho aweng bruttlet: »Ond jetzt ausgrechnet ao no en Hereng!«, hot aber doch da Teller gnomma ond mit em Holzlöffel us dr graoßa blaua Herengsbüchs da schönschta Hereng rausgfischat. S Kätherle hot zahlt, hot ihra Bombo kriagt ond isch wieder da Berg aufegroiflet. Jetzt hot dui Schmide aber schnell ihren Lada zuagschlossa, denn s war höchschte Zeit, daß se fortkomma isch.

Wia s Kätherle ihren Hereng hoim brocht hot,

war d Muater grad et en dr Kuche, sondern henta em Hof beim Henna füatra. So hot s Mädle da Teller uf da Kuchetisch nagschtellt ond isch nei en d Stub zur Nährebäs zom Zuagucka. Kaum a Weile druf hot d Muater noch em Kätherle gschria ond wia s Mädle nauskommt en Kuche, schtreckt ra d Muater da Herengsteller vor d Nas: »Do, guck en a dein Hereng!«

S Kätherle hot ganz verschtändnislos uf dean Hereng glotzt, denn der war aufklappt, isch leicht verropfet gwea ond an oiner Stell hot sogar a Stückle gfehlt.

»Dei Lompatier, dei scheckiga Strialre, dei Saukatz isch dra gwea!« hot d Muater ganz außer sich vor Wuat gflüschtret, »bloß a Glück, daß e se glei verwischt hao, soscht hät dui glatt da ganza Hereng gfressa!«

S Kätherle hots vorzoga nex zom saga, ond d Muater hot weiter gjammret: »Was tue bloß, was tue jetzt bloß?«

»Soll i schnell en andra Hereng hola?« hot sich s Kätherle abota, ond isch ao glei druf nomol ens Lädle nagroiflet. Doch omasoscht. D Schmide war weg ond an andra Lada hots en dr Nähe koin ghet. Dodrbei wärs scho langsam an dr Zeit gwea, dr Nähre ihren Hereng zu serviera. Do plötzlich hot s Kätherle an Eifall ghet: »Wia wärs, Muater, wenn mr dean Hereng flicka däte?« »Ja schpennscht denn du. An Hereng flicka, soll des a Witz sei?« hot dui Muater weiter gjammret, »ond mit was denn?« »Ha vielleicht mit deam übriga Hennafloisch von gerscht mittag!« D Muater hot vor sich na überlegt: »Giftig wärs et ond em Essig von dr Brüha könnts ao vielleicht da Gschmack anemma.« Se hot s Mädle agucket: »Probiera mrs amol!«

Se hänts probiert ond weil dui Haut vom Hereng no ganz gwea isch, hots henterher et amol so übel ausgseha. Also hot man dr Nähre serviert.

S Kätherle hot sich drzua naghocket ond ihra Herzle hot bocklet vor Aufregong, ob ses jetzt merka däa oder et. Dodrbei hot se o onderbrocha uf dean Fisch gucket. Uf oimol hot dui Nähre a Bröckele Brot gnomma, a Stückle vom Hereng ragschnitta, uf des Brot glegt ond hots em Kätherle geba. Drbei hot sich wia zuafällig d Haut vom Hereng aweng verschoba ond mit ma ganz komischa Gfühl em Maga hot s Kätherle des Stückle Hennaflickschtück gessa. Se hät henterher halt no zu gera gwißt, ob dui Nähre jetzt ebbes gmerkt ghet häb, oder ob des bloß grad so a komischer Zuafall gwea sei, daß se ihra des Flickschtück geba hot.

S Mädle hot sich fescht vorgnomma, dui Nährebäs amol dernoch zom froga, hot sich aber emmer wieder et trauet ond dui Frog verschoba. Ond uf oimol hots ghoißa, d Nährebäs sei gschtorba.

Jetzt wird ma wohl nia mei erfahra könna, obs ses gmerkt ghet hot oder et.

Dr zwoite Schualtag

An da erschta Schualtag ka sich s Kätherle kaum no erinnra, aber om so besser an da zwoita. Dr erschte, des war ja ao no gar koi richtiger Schualtag. D Muater hot s Mädle mit em nuia Schualranza en d Schual gführt, no hot dr Lehrer ebbes gschwätzt, ond ma hot sich a Weile en dia nuie Schualbänk neihocka derfa.

Am zwoita Schualtag erscht isch s Elend aganga. Do isch des Kätherle so muatersela aloi do ghocket, so aloi, wia ma bloß onder viele sei ka, wenn sich älle andre scho kennet ond ma selber nemerd kennt. De andre send scho mitanander en Kendergarta ganga, hänt scho mitanander uf dr Gaß gschpielt ghet. S Kätherle drgega hot nia en Kendergarta von enna gseha ghet, geschweige denn, daß se hät mit andre Kender romschprenga derfa. Ihre Schpielkamerada send Hond ond Katz, Gäul, Henna, Küha ond Kälbla gwea. Sui aber war des oizige Baurakend onder lauter Stadtkender.

So isch se halt doghockt wia so a Häufele Elend ond isch sich selber grad richtig domm ond oifältig vorkomma.

Dr Lehrer Wörz war a netter Ma, der hot deane Kender erscht amol dui Schualangscht aweng nemma wölla ond hot freundlich gmoint: »So Kenderla, jetzt senga mr als erschts a Liadle mitanander. Hänschen klein, des könnet ihr doch sicher?«

»Jo, jo, jo!« hots us älle Ecka brüllt, ond ao glei hänt älle zom Senga agfanga. Ond weil des so guat ganga isch, hot ma ao no glei gsonga: »Ein Männlein steht im Walde...«

Do hot aber s Kätherle ganz schöa Maul ond Ohra aufgschperrt ond sich baß gwondret, wia gscheit dia Kendr scho älle gwea send. Sui selber hot selle Liader überhaupt no nia ghört ghet, denn a Radio hots no et geba ond Vater ond Muater hänt ganz andere Liader gsonga, wenn se grad amol guat aufglegt gwea send. Mit viel Gfühl hot d Muater ihr Liablengsliad: »Früh morgens, wenn die Hähne krähn und die Sternlein verschwinden, muß ich am Herde stehn, muß Feuer zünden...« gsonga. Ond dr Vater hot äls em Gaulschtall gschmettert: »Einst saß ich im Sofa, Rosettchen, in Nachmittagsschlummer gemüh. Nie sah ich ein schöneres Mädchen, wie sie...« Dia Liader hät s Kätherle ao könna, aber dia hot ma en dr Schual nia gsonga. So hot se halt äwel guat aufpaßt, daß se dean Text von selle Schualliader schnell auswendig glernet hot ond drweil halt s Maul aweng auf ond zua gmacht, damit de andre et glei merka sollet, wia domm sui no sei.

Ebbes schpäter hot ma no müaßa sei Schualtafel auspacka ond hät sodda s Schreiba probiera.

»Auf, ab, auf, Tüpfele drauf!« hot dr Lehrer diktiert ond dia Griffel send über dia nuie Schiefertafla kritzlet, toils ordentlich, toils weniger schöa, bloß beim Kätherle, do wars halt gar nex. Se hot oin Griffel noch em andra adruckt, weil ihre Händ vom Omgang mit Recha, Heu- ond Miischtgabla viel z grob gwea send für so a dünns Schieferschtäble. De ganz Klass hot glachat ond des hot se scho donderschlächtig gwurmet. Oinige ganz gscheite hänt nämlich sogar scho ihren Nama schreiba könna.

Heilfroh isch s Kätherle gwea, wo s endlich für de graoß Paus gläutet hot ond ma en Hof naus hot derfa. Hei, wia hot se sich uf s Spiela ond Romschprenga gfreut. Aber no war des bald no schlemmer wia em Klassazemmer. Dia Kender hänt Spiel ond Reiga, ja sogar Sengschpiel gmacht, daß em Kätherle vor lauter Schtauna fascht d Auga us em Kopf gfalla send. Sui isch als oiziga drussa gschtanda ond wär am liabschta em Boda versonka, so hot se sich gschämt über ihra Dommheit.

Doch plötzlich isch ois von de Mädla raus us em Krois, isch zu ra na, hot se bei de Händ gnomma ond hot gsait: »Komm, schpiel doch ao mit!«

S Kätherle hät sellem Mädle am liabschta d Füaß küssa möga, so dankbar isch ra gwea ond so glücklich.

Jetzt isch sui ao mit em Krois romghopfet, isch hin ond her tramplet ond hot sich älla Müha geba, es de andre gleich zom doa. Se hot ao do feschte aufpaßt uf da Reim, damit se dean bald mitsenga könnt. Oiner drvo isch ra johrelang en Erinnerong blieba, weil ra der soviel Kopfzerbrecha gmacht hot. Do hots nämlich em letschta Vers ghoißa: »Und wenn du einmal wiederkehrst, vergiß ja nur das Küssen nicht.« Dia

Mädla hänt als echte Schwoba natürlich et »küssen«, sondern »kissa« gsonga. Do hot sich des Kätherle lang überlegt, worom dui ihra Bettzeug mitbrenga soll. Daß a Kisse so wichtig sei soll, hot ra wölla oifach et na, schliaßlich könn ma ja ao em Heu schlofa, hot se denkt. Ma sots et glauba, aber send doch etliche Jährla verganga, bis beim Kätherle dr Groscha gfalla isch, ond se begriffa hot, daß des Mädle et sei Kisse, sondern s Küssa et vergessa soll.

A Diabschtahl mit Folga

Nochdeam s Kätherle en d Schual ganga isch, hot s Leaba emmer weiterganga könna. So domm, wia ma noch deam zwoita Schualtag hät denka möga, isch s Mädle gar et gwea, allerdengs hot se äwel Dommheita em Senn ghet.

»Nex wia Dommheita em Kopf hot des Muschter!« hot dr Vater oft gjammret, wenn se grad wieder ebbes agschtellt ghet hot. Ond agschtellt hot se emmer wieder ebbes, so wia domols mit sellem Diabschtahl.

Ma hot, wia bei de meischte Baura, ao bei Kirchhofbauers a Gmüasgärtle oms Haus ghet. Damit nex Oerwünschts hot nei könna, isch des mit ma Maschadrohtzau eizäunt gwea, mit so ma Stachetazau. S Türle war us Holzlatta ond dr Schlüssel drzua isch für jeden zuagänglich en dr Kuche am Nagel ghanget. Dui Eizäunong hot ma mei weagem Viehzeug gmacht ghet, denn vor de Leut ond de Kender isch bei Kirchhofbauers nex abgschlossa wora.

S muaß Afang Juni gwea sei, do hot scheints s Kätherle grad amol wieder dr Haber gschtocha ond se isch uf dui Idee komma, en ihren oigana Garta neizschteiget zom Radiesla klaua. Dui Idee war so blöd ond saudomm, weil se sich jederzeit hät oine hola derfa. Aber noi, über da Zau hot ma nei müaßa! Des hoißt, hät se wölla. So oifach isch des gar et gwea, mit de Füäß en deam Drohtgflecht vom Gitterzau Halt zom fenda. Doch mit verbissener Energie isch se schliaßlich doch nauf komma. Se hot sich mit dr oina Hand scho ganz oba an de Stacheta heba könna ond hot wölla grad mit dr andra Hand nochfassa, do send ra d Füäß uf oimol weggrutscht. Vor Schreck hot se mit dr andra, dr lenka Hand, en Halt gsuacht, ond em Jesch mittanei en d Stacheta glanget, grad en so en Drohtschpitz nei. Vor Schreck ond Schmerz hot se de ander Hand ao no los glao ond isch glei druf aloi an deam aufgschpiaßta Mittelfenger am Zau ghanget ond hot mordsmäßig afanga zom schreia. So isch se no a guats Weile baumlet, ei se ebber ghairt hot.

S Floisch ond d Haut hänt sich scho ganz vom Knocha aglöst ghet, bis dr Vater, der zuafällig grad drhoim gwea isch, se ghairt ond se hochglupft hot, damit des Fengerküpple us de Stacheta raus ganga isch.

»Kend, was hoscht denn bloß em Garta wölla?« hot dui Muater ganz entsetzt gfroget, wo se etliche saubere Leinefleckla om dean bluatiga Fenger gwicklet hot, während der Vater en äller Eil sei Sonntigshäs azoga hot.

»Radiesla halt«, hot s Mädle gschluchzet, »Radiesla mag i doch so!« Wo dr Bauer omzoga gwea isch, hot r s Kend gnomma ond uf d Stang von seim alta Herrafahrrad gsetzt ond isch mit ra en Stadt nei zom Dokter gfahra.

Do hot ma no dean Fenger wieder richtig nazoga ond zemagflickt. S hot schpäter ganz passabl ausgseha. S Kätherle hot sich aber bloß em Stilla gwondret, daß se nemerd gschempft hot ond ao koine Schläg fällig gwea send.

S Traumkloid

S Verkloida isch de Menscha scheints ao scho mit agebora ond de Mädla ganz em Bsondra. Scho de ganz kloine Kender ganget halt zu gera an Mamas Flickakischt ond putzet sich mit deane Fetza ond alte Kloider vor em Spiagel raus. Ao s Kätherle war do koi Ausnahm, bloß isch sui ärmer dra gwea, denn se hot nex von selle Lompa nemma derfa, denn dia hot d Muater älle selber braucht zom Putza, Vieh verbenda ond so.

S Mädle müaßt aber koi kloine Eva gwea sei, wenn se et doch ebbes gfonda hät, om sich s azuziaga. So wia dui Eva ihre Feigablätter gnomma hot, weil nex anders do war, so hot ao s Kätherle des gnomma, was se gfonda hot. Sui hot et amol

Blätter oder Laub nemma müaßa, o noi, se hot ebbes viel Feiners gfonda en ihrer Oschuld. Fleckla us Seide ond Samt ond toils ao us Damascht hot sui zemmagfonda om sich a Kloidle z näha.

Hentrem Haus em Eck zwischa Schuier ond Wohnhaus war dr alte Gänsschtall, doch Gäns hot ma grad koine ghalta. So hot sich s Kätherle do ihra Schpielschtub eirichta könna. Do nei hot se ihre zemmagsammlete Stückla traga ond no en jeder freia Minut an sellem Konschtwerk gschtichlet. S send ab ond zua ganz schöa graoße Stich wora, denn s Näha war zu seller Zeit et grad ihra Schtärke. Am End isch aber doch so ebbes ähnlichs wia a Kloidle fertig wora. Se hot des älles ganz helenga gmächt, denn se hot wölla de andre dodrmit überrascha, ond dui Überraschong isch ra voll ond ganz gelonga. Am Obed, wo älle om da Tisch versammlet gwea send, isch se noch em Veschper schnell naus en ihra Schtälle ond hot sich omzoga. No isch se reimarschiert mit ma Schtolz sondergleicha ond hot ihra Konschtwerk vorgführt.

Dr Auftritt war a voller Erfolg. Vater, Muater, Schweschter, Bruader ond de alt Taglöhnere hänt Maul ond Auga aufgschperrt ond d Schproch isch en für a Weile wegblieba. No aber isch als erschter s Jörgle en a obändigs Gelächter ausbrocha ond de andre send eigfalla, ja, se hänt sich fascht nemme kriagt vor Lacha.

»Oimolig, oimolig«, hot dr Bua gächzt ond sich mit em Ärmel Träna us de Auga gwischt, weil er so hot lacha müaßa. Er hot mit de Füaß gschtramplet ond mit de Fenger uf se zoigt: »Kätherle, Kätherle, dei Kloid, dei Kloid!« weiter isch r et komma, weil r scho wieder hot lacha müaßa. S hot a Weile dauret, bis se sich beruhigt hänt über des oimolige Kloid. Ja recht hot dr Bua scho ghet mit seim »oimolig«, denn so a Kloid wirds wohl uf dr Welt bloß oimol geba hao. S Kätherle hot ihra Konschtwerk nämlich us selle bonte Bänder von de weggschmissane Grabkränz, dia se uf dr Friedhofmischte gfonda hot, gnäaht ghet. Drom war ao en graoßer Druckschrift en schwarz, gold oder silber uf deam Kloid zu leasa, daß dr Schportverei sei treues Mitglied grüaßt, dia Arbeitskollega da Overgessana, Gschwischter ihran Bruader ond drzwischa a »Ehrendes Andenken«, a »Ruhe sanft!« ond ao a »Letzter Gruß«. Letschteres häb genau an seller Stell wo ma sonscht drufsitzt d Rückseite vom Kloidle ziert, hot s Jörgle no Johre drnoch emmer wieder behauptet. Aber des war wirklich bloß a böswilliga Verleumdong, denn viel schpäter amol, s Kätherle hot enzwischa scho guat leasa könna, hot se ganz zuafällig en dr Dachnische vom leera Gänsschtall ihr »Kloidle« von domols entdeckt. Do hot ses no selber gseha: des »Ruhe sanft« isch seitlich onderm Arm ronder gloffa, des »Letzter Gruß« glei drneaba ond uf seller Stell weiter henta hot bloß dr Gsangverei sei Mitglied grüaßt.

S erscht Gedicht ond s erschte Haus

Om dui Zeit rom, so zwischem sechsta ond siebta Lebensjohr muaß des Kätherle so a richtiger Energiebolza gwea sei. Net bloß, daß se do ihr erschts Kloid gnähet hot, se hot om dui Zeit rom ao scho ihr erschts Gedicht gmacht ond ihra erschts Haus bauet. Des mit em Gedicht isch oifach so us ra raus komma, wia von selber. S ischt em April gwea, beim Kartoffla schtupfa, an so ma Frühalengstag mit blauem Hemmel ond weiße Wölkla druf. D Luft war so lau ond dr Acker ond dui Wies nebadra hänt dean sonderbara Duft ghet, der en älle Pora drengt, der s Herz weit macht, wo ma sozusaga des Wachsawölla en älle Odra schpührt. Dr Bauer isch mit seine Gäul d Gwandt auf ond a gfahra ond hot mit em Pfluag Furcha gmacht, d Bäure, Taglöhnere ond d Kender hänt henterher d Schtupfkartoffla glegt ond dr Bauer hot se mit dr nächschta Furch zuadeckt. No isch a Zwischafurch komma ond druf na hot ma wieder weiterglegt. Jeder hot sei abgrenzts Stückle zom Lega ghet ond wega seller Leerfurch isch zwischanei emmer aweng a Zeit zom Ausruha blieba. Do isch s Kätherle so uf ihrem Kartoffeloimer ghockt, hot d Gwandt nauf ond nah gucket ond isch plötzlich von deam Bild ländlicher Harmonie ond ihrem oigana Frühalengsdrang so überwältigt wora, daß ebbes us ra raus hot müaßa. Wär se a Gebirgskend gwea, hät se sicher agfanga z jodla, doch als bedächtiga

Schwäbe isch des et ganga, drom hot se dichtet:

Aus der aufgepflügten Erde
Frucht und Gras und Blumen werde.
Das ist in der Frühlingssonne
eine rechte Gotteswonne!

Hei, wia war se schtolz, daß se des en so ma schöana Hochdeutsch na brocht hot. Se hot sichs emmer wieder vorgsait ond sich gfreut wia a Könige.
Grad so wia mit deam Gedicht, isch des mit em Haus ao bloß so us heitrem Hemmel an se nagfloga. S Mädle hot plötzlich gmoint, der leere Gänsschtall sei koi rechter Schpielplatz mei für sui. Ao de andre Schpielplätz wia der en dr Schees oder seller em Kälbereck waret ra uf oimol zu öffentlich. So hot se oifach denkt, se bau sich a oiges Haus, wo nemerd nex drenn zom suacha häb. So a Haus hot se oifach wölla. Ond s war scho sonderbar, wenn sich s Kätherle ebbes richtig gwönscht hot, no isch ao so wora. Entweder isch ihra Wönscha so schtark gwea, daß älle Hendernis überwonda hot oder s Mädle war so gscheit, daß se sich bloß des en Kopf gsetzt hot, was ao möglich gwea isch.

So war ra glei von Afang a klar, daß sui ihr Haus bloß us Holz ond do ao bloß us em billigschta baua könn. En finanzieller Hinsicht hot se sich nia von ihrer Fantasie, sondern liaber von ihrer schwäbischa Schparsamkeit ond ihrem gsonda Menschaverschtand loita lao. Mit sotte Voraussetzonga hot ja ao s Meischte glenga müaßa.

Also isch se an ihra Schparbüchs ganga, hot a Mark rausganglet, da Handwaga us dr Scheuer gholet ond isch en d Säge gfahra zom Holz eikaufa. S billigschte Holz send Schwarta gwea, dia tannane Aschnittschtücker ond mit deane hot s Kätherle ihra Haus baua wölla.

»I möcht a Holz kaufa!« hot se zom Sägmüller gsait ond sich broitboinig vor en nagschtellt.

»So, für was braucht denn dei Vater des Holz?« hot dr Sägmüller zruckgfrogt.

»I brauch des Holz für mi ond et für mein Vater!« hot s Mädle weltmännisch erklärt, »i will mir a Haus baua!«

»So, so, a Haus!«, der Ma hot des kloine Mädle mit ihrem graoßa Handwaga agucket ond hot glachet:

»Wenn des so isch, no nemm dr halt des Holz wo da brauchscht.« Sui aber hot em ihra Mark naghebt ond hot gsait: »I komm et zom Bettla, i zahl mei Sach. Se derfet mr bloß saga wiaviel Schwarta i für dui Mark nemma derf.«

»Ha, was sollet mr saga, von de Schwarta derscht dein Waga scho fülla für a Mark«, hot dr Sägmüller no ganz ernschthaft gmoint ond deam Kend sei Mark abgnomma. Do isch s Kätherle mit ihrem graoßa Handwaga an dean Holzschtappel nagfahra ond hot afanga auflada. Jetzt hot se koine Hemmonga mei ghet, hot ihren Stolz uf d Seite glegt ond dodrfür ihren ageborana Gschäftssenn walta lao. Glei von onda a hot se älles schöa beiget, hot koi Lückale glao ond bei sich denkt:

»Der wird sich wondra, was so a Fuhrmastochter uf en Waga naufbrengt, wenn sen richtig ladet.«

Se hot glada ond glada, hot Seiteschtütza aufgschtellt ond erscht aufghört, wo se selber Angscht kriagt hot, dr Waga könnts et traga. No erscht hot se da Sägmüller, der enzwischa wieder seiner Arbet nochganga isch, gholet ond hot ehm dui Fuhr zoigt. »Dean hoscht aber guat glada«, dr Sägmüller hot bedenklich da Kopf gschüttlet ond s Kätherle hot scho denkt, jetzt wer er glei saga, so häb ma et gwettet ond soviel Holz gäbs et für oi Mark. Deam guata Ma isch aber gar et om sei Holz ganga, sondern om da Waga und er hot gfrogt:

»Ja Mädle, moischt du, dean Waga brengscht du hoil hoim?« Se hot schnell mit em Kopf gnickt, hot Deichsel gnomma ond sich mächtig ens Zeug glegt, hot dui Riesafuhr aber omöglich von dr Stell brenga könna. Do hot ra dr Müller ao no helfa da Waga aschieba, was ehra für a paar Augablick scho a schlechts Gwissa gmacht hot, denn für sui war er ja dr Geprellte.

Wia no dr Waga am Laufa gwea isch, hot sen uf deam leicht abfallenda Weag scho aloi weiterziaga könna. Aber onda am Hof, wo dr Weag wieder bergauf ganga isch, hot sen nemme gherret ond standa lao müaßa. Se hot d Muater gholet zom Helfa, hänts aber et amol zu zwoit gschafft. Erscht wo a vorbeikommendr Nochber gholfa hot, hänt se da Waga vollends an Hof nauf brocht. Baumaterial hot se jetzt also do ghet, denn Werkzeug ond Nägel waret gnuag vorhanda. Dr nächschte Nochber war nämlich a Nagelschmiede ond do hot ma d Nägel emmer glei packweis kauft. Also hot se könna an d Ausführong ganga. Zu Kätherles Ruhm derf ma et verschweiga, daß sui domols als erschte dui Fertigbauweise erfonda hot, se hot sichs bloß et patentiera lao. Sui hot nämlich ihr Haus so bauet, wia ma ois us Papier ao ausschneida dät: Jedes Toil für sich baut ond no zemmagmacht. So hot se ihre acht Toil zemmagnaglet, zwoi Seitewänd mit ma ausgschparta Fenschterloch, zwoi Giebelwänd mit dr ausgschparta Tür ond zwoi Dachtoil ond Tür ond Lädle. Gschrieba isch des schnell, s Mädle hot aber schwer schwitza ond manchen kromma Nagel wieder rauszieha müaße, ei se ans Zemasetza hot ganga könna. S Zemasetza war nemme schlemm. Se hot oifach vier Pfähl en Boda nei gschlaga, d Wänd dra na gnaglet ond dia mit alte Leaderreama zemagmachte Dachtoil wia a aufgschlages Buach druf glegt. Ao Tür ond s Lädle hänt statt Scharnier a Remaverbendong kriagt. Am End hot se mit ihrem Bau wohl zfrieda sei könna ond isch voll Schtolz mit ihrem Gruscht us em Gänsschtall ens nuie Haus eizoga.

Wia guat se dia Schwarta zemmagnaglet hot, isch ehra erscht Johre drnoch aufganga. S Kätherle war scho längscht verheiratet, do hot se beima Bsuach uf em Hof gseha, daß dr Bruader ihre Hauswänd als Tröschtersilo verwendet hot. Tröschter, des isch dr Rückschtand vom Moschta ond isch a guates Beifuater fürs Vieh.

Erschta politischa Bildong

Für d Politik hot sichs Kätherle en jene erschte Schuljohr überhaupt no et interessiert. Ond an dui Machtergreifong vom Hitler hot se sich bloß no so langa Zeit erinnret, weil ehra oine von ihre Mitschüalerinna hot wölla politischa Bildong beibrenga. Des Mädle hot s Kätherle eines schönen Tags uf d Seite gnomma ond hot gsait, se müaß ehra ebbes ganz Wichtigs saga. S Kätherle hot Wonder was gmoint, was do komm ond ganz aufmerksam gloset. Do hot ra des Mädle ens Ohr gflüschtret:

»Dui Naziherrschaft isch a Traum, da Hitler hängt ma uf en Baum!« Se hot henterher s Kätherle ganz erwartongsvoll agucket, aber dui hot bloß recht domm ond verständnislos glotzt ond isch em Grond bis en d Seel nei verschrocka, weil se bis do na et denkt hot, daß ma en dr Politik sogar d Leut an de Bäum aufhenga dä.

Wia ses am Obad drhoim verzählt hot, hänt ihre Eltra gsait: »Do brauchscht dr nex drbei denka, dera ihra Vater isch a dicker Kommunischt, des woiß doch jeder.«

S Kätherle hot sich onder ma Kommunischta nex vorschtella könna, ond wo etliche Wocha schpäter dr Hitler et am Baum ghanget isch, sondern Reichskanzler war, hot se des Mädle ällaweil awenga ängschtlich agucket. Ebbes schpäter hots ao ghoißa, ma häb ihren Vater verhaftet, doch zwoi Wocha drnoch isch er wieder drhoim gwea. Weil jetzt aber s Kätherle uf älle Fäll amol hot wissa wölla, wia so a Kommunischt eigentlich ausseha däa, hot se des Mädle onder ma Vorwand bsuacht. S war scho Obed ond se hot Glück ghet ond dean Vater ao atroffa. Se hot aber an deam graoßa schtattlicha Ma nex bsonders gfonda, denn er hot halt ausgseha wia andre Männer ao. Von do a hot s Kätherle für a Weile gnuag ghet von dr ganza Politik ond hot sich liaber wieder vernünftigere Sacha zuagwendet.

Dr Barometer schpennt

Ab ond zua, wenn s vielleicht grad gregnet hot ond soscht nex zom doa gwea isch, hänt dia zwoi Kender, s Kätherle ond s Jörgle, äls a Schpiel gmacht, von deam se wohl gwißt hänt, daß des de Eltra et gfalla hät, drom hänt se ao gar et erscht gfroget. Se send zu deam Schpiele oinzeln ond ganz helenga en d Schtub nei gschlicha. En d Schtub isch ma nämlich bei Kirchhofbauers de ganz Woch et neikomma, weil sich des ganze Leaba hauptsächlich en Feld ond Schtall ond drhoim en Kämmerle ond Küche abgschpielt hot. S Kämmerle isch der Raum gwea, wo ma gessa hot ond gveschpred, wo ma d Milch abgseihet hot, wo d Katza ihra Fressa kriagt hänt, wo ma sich omzoga hot, ond wo so manches Krüagle Moscht gleert wora isch. En d Schtub nei isch ma höchschtens sonntigsmittags amol neigsessa. Des also hänt dia zwoi Schlaule ausgnützt, ond send ganz leis ond schtill einegschlicha. Dui ogwohnta Schtille, ao d Angscht, daß ma se überrascha könnt, hot deam Schpiel no en bsondra Reiz geba. Drenna hot s Jörgle no en Schtuhl gnomma, hot en vor da Schreibtisch gschtellt, isch naufgschtiega ond uf da Schreibtisch ao, denn erscht no hot r des Schpielzeug langa könna, nämlich s Wetterglas. Ganz vorsichtig hot r dean langa Denger raglanget ond em Kätherle nageba. S Wetterglas war no a Erbschtück vom Großvater, a Barometer mit ma langa Glasröhrle, des uf ma langa Brett befeschtigt gwea isch. S Röhrle hot sich onda en a Glaskölble ausgweitet, ond en deam war Quecksilber drenn. Je noch Wetterlag isch des Quecksilber em Röhrle höher oder niedriger gschtanda, ond uf ra Skala, dui uf deam Brett aufzoichnet gwea isch, hot ma s Wetter abgleasa. D Wetterlag war aber em Jörgle ond em Kätherle egal, sia hänt s uf des Quecksilber abgseha ghet. Oba am Glaskölble war nämlich a Stöpsele drenn, des ma rausmacha hot könna. Des Stöpsele hänt dia Blitz aufgmacht, hänt aweng vom Quecksilber rausgschüttet uf da Holzboda na, ond hänt mit selle Kügela dias do geba hot gschpielt. Hei wia dia gruglet send, wenn ma se bloß a bißle agschuckt hot, des isch vielleicht a Schpaß gwea!

Wenn se no gnuag ghet hänt vom Schpiela, hänt se dia Kügela mit ma Schtückle Papier wieder eigfanga und ens Wetterglas zrückgschüttet. Allerdengs, oinige send halt emmer en de Ritza verschwonda gwea, ond so isch komma wia s hot komma müaßa: Eines schönen Tags hot s des reschtliche Quecksilber em Röhrle beim beschta Willa nemme gschafft, a schöas Wetter azuzoiga. S hot halt emmer uf Reaga oder höchschtens no uf veränderlich zoigt. Dr Bauer hot naklopft ond naklopft ond isch ganz narret wora:

»Do Weib gang her! Guck bloß dean Barometer a, der schpennt doch!« D Bäure isch komma hot ao klopfet, aber ao ehner hot r koin Zug doa. »Ha, des soll verschtanda wer will,« hot se gjammret, »der isch doch sonscht emmer so gnau ganga.«

Se hot da Kopf gschüttlet ond no gmoint: »Vielleicht isch r am End halt doch jetzt ao z alt!«

S war nämlich scho drei Tag s schönschte Wetter ond s Wetterglas isch halt et nauf. S Jörgle ond s Kätherle send ao drbeigschtanda ond hänt guckt, wia wenn se koi Wässerle trüaba könntet, ond des hät de Eltra eigentlich zom Denka geba müaßa. Doch dia waret z arg mit em Barometer beschäftigt.

»Do wird ma halt en nuia kaufa müaßa!« Hot altklug s Klärle gmoint. »Hosch recht Mädle«, hot se dr Vater globt, »glei morga kauf e en nuia.« Am andra Tag hot r no wirklich en nuia Barometer brocht, en ronda, mit goldene Zoiger dra. Dean hot ma an dr andra Wand aufghängt. En Zweifelsfäll hot ma aber doch liaber uf da alta gucket ond schnell rausgfonda, daß bei Veränderlich schöa Wetter wora isch ond wenn r uf Reaga zoigt hot, isch veränderlich gwea, ond daß erscht gregnet hot, wenn s Quecksilber en deam Röhrle onder dr Skala gwea isch. So hot ma ao bei Kirchhofbauers, wia bei de Albbaura üblich, em Nuia nia ganz trauet. Ma isch liaber no johrelang noch em alta Barometer ganga. Der hot natürlich dui Ehre zom schätza gwißt ond hot von Schtond a nemme gschponna. S Jörgle ond s Kätherle hänt nämlich bei sich denkt, ma derf nex übertreiba ond hänt sich no wieder andere Schpielereia zuagwendet.

Dr verpaßte Johrmarkt

Scho aloi des Wort »Johrmarkt« hot em Kätherle a Prickla uslöst. Glei hot se an äll dia viele bonte Sacha denka müaßa, an dean Duft von Brotwürscht ond Türkahonig, an dia viele Leut ond des aufgeregte Treiba en dr Hauptschtroß. Ja, dr Johrmarkt, des war halt a Sach! Scho wenn ma d Stadt nei gloffa isch, hot ma s grocha, dean seltsam fremda Gruch von brannte Mandla ond Mottakugla ond von Wurscht ond Hereng. Ond no hot ma se gseha, dia bonte Marktschtänd rechts ond lenks von dr Schtroß, ond en dr Mitte hänt sich dia Leut hin ond her gschoba. Beim Schpitzajakob ond beim Vogelschtemmasepp, do isch ma fascht et verbeikomma, denn jeder hot doch deane ihre glatte Schprüch höra wölla.

D Luft war voll von Zigarra ond Parfümduft, vom Gwürz ond nuiem Stoff. S war a Schwätza ond Gemurmla rondom, ond dia Marktschreier hänt drzwischa brüllt: »Heiße, Heiße!« »Echter Türkischer Honig!« »Magabrot!« An älle Ecka ond Enda hots pfiffa, des waret em Vogelschtemmasepp seine Pfeifla, a Stückle Papadeckel ond a Blechle dra. Ma hot se bloß ens Maul nemma braucha ond scho hot ma älles pfeifa könna druf. Doch kaum isch dr Markt verloffa gwea, hänt sich ao dia Pfeifa aufglöst ond isch wieder ruhig wora em Schtädtle.

Am Johannemarkt isch s emmer gar et so oifach gwea, de Eltra an Marktbsuach ab zom bettla, denn do war ma oft no mitta drenn em Heuet ond d Arbet isch beim Kirchhofbauer äwel vor em Vergnüaga ganga. S Kätherle hots mit ihrer Hartnäckigkeit aber fascht emmer nabrocht, daß se hänt ganga derfa. So isch es ao an sellem Johannemarkt gwea, daß dr Bauer nochgeba hot onder der Bedengong, daß aber erscht no des Wägele Heu vom Amschtetter Wiesle gholet wera müaß, no könna se älle drei uf da Markt ganga. Do hät ma seha solla, wia dia Kender zmol flenke Händ ond Füaß kriagt hänt. So schnell hot dr Bauer gar et gucka könna, wia d Gabla ond Recha uf em Waga waret ond dia Gäul eigschpannt gwea send. S Jörgle hot sich Vaters Fahrrad gnomma ond isch scho glei vorausgfahra zom Zeileta macha, damit ma glei auflada könn. Uf em Feld isch no jedes noch seine Fähigkeita eigsetzt wora, so isch am schnellschta ganga. Dr Bauer hot s Heu naufgablet uf da Waga, s Kätherle hots uf em Waga naglada, s Jörgle hot voraus Schwada gmacht ond s Klärle hot mit em graoßa Recha henterher grechat.

So schaffig hot ers wohl möga, dr Vater, ond hot feschte mitgmacht ond so schnell er könna hot, naufgablet. Ao s Kätherle isch volla Eifer gwea ond hot et schnell gnuag noch em Heu langa könna. Do plötzlich isch passiert gwea. Sui hot noch em Heu glanget ond dr Vater hots wölla no weiter nauf schiaba, do isch der eiserne Zenka von dr Heugabel em Kätherle mitta en Hals neidronga.

»Auwa! Du hoscht me gschtocha!« Hot se gschria ond hot sich glei druf geischtesgegawärtig vom Heuwaga ra rutscha lao. Dr Vater isch bis en d Seel nei verschrocka gwea ond hot sei Kend, deam a raots Brünnale us em Hals gschprudlet isch, aufgfanga. No hot er sei verschwitzt Sacktuach us dr Tasch zoga ond uf dui Wond druckt. S Klärle ond s Jörgle send uf des Gschroi na ao glei do gwea ond hänt ganz entsetzt uf des viele Bluat gschtarrt. D Schweschter hot schnell ihren Schurz ragrissa ond dr Vater hot en über des Sacktuach om da Hals vom Kätherle bonda.

»I nemm s Fahrrad ond fahr mit ra schnell zom Dokter!« hot dr Bauer gsait ond s Mädle uf da Arm gnomma. »Fahret ihr mit de Gäul hoim, s Heu lent r halt liega!« Mit em Kend uf em Arm isch er d Gwandt viregschpronga, hot s Fahrrad gnomma, s Mädle vorna uf d Schtang gsetzt ond isch lostramplet, was no d s Zeug herghalta hot. D Stoig na hots no so pfiffa, ond oms Eck nom am Hof hät ao nex entgegakomma derfa.

Dr Muater isch glatt s Messer us de Händ gfalla, mit dem se grad Salat putzet hot, wia dr Bauer mit deam verblutata Kend en d Kuche nei gschnaufet komma isch:

»Om Gottswilla Ma, was isch passiert?« hot se gjammret. Ond wo ers gsait hot, isch se gloffa ond hot Wasser gholet ond saubre Tüacher, hot s Gröbschte aweng agwäschet ond d Wond verbonda. Dr Bauer hot enzwischa sein Sonntigskittel azoga, no isch er wieder nauf uf s Fahrrad, d Bäure hot em s Kend geba ond no isch r weitergradlet d Stadt eine zom Dokter.

Der hot en ao glei dragnomma. Doch kaum war Tür zom Schprechzemmer zua ond s Mädle uf em Schraga, do hot der Dokter grausig dao:

»Ja send denn Sia ao no zom retta! So a schwerverletzt Kend duat ma doch et uf s Fahrrad setza!« Er hot dui Wond versorget ond emmer wieder da Kopf gschüttlet: »Daß ma so domm ond fahrlässig sei ka! Jeda Augablick hät dui Luftröhre voll durchbrecha könna bei deam Geschottel!«

S Kätherle hot Maul ond Ohra aufgschperrt, wia der Dokter ihren Vater so gschempft hot:

»I hätt a guata Luscht ond dät Sia azoiga!« hot r weiter gschria, »wenn des Mädle jetzt ohmächtig wora wär, was no? No wär se ao no zom Fahrrad naghaglet, ond Ihr hättets ombrocht ghet!« Dr Bauer hot gar nex gsait. D Angscht isch em no z arg en de Glieder ghocket ond er isch bloß dogschtanda wia so a armer Sünder. S Kätherle aber, für dui bis do na dr Dokter emmer a bsonders Wesa us ra höhra ond feinra Welt gwea isch, hot a Wuat kriagt über so en domma Kerle, der koi Ahnong häb, wia s bei de Baura zuagang. En ihre Auga hot dr Vater älles recht gmacht ghet. Dr Dokter war von Schtond a für sui bloß no a arroganter, eigebildeter Denger. Do dra hot sich ao nex gändret, wo se a Schoklädle kriagt hot ond se dr Dokter en seim schöana Auto hoimgführt hot. Selbscht ens Bett nei hot r se traga, ond dr Muater auftraga, ja vorsichtig zom sei, ond s Kätherle müaß ganz ruhig liega bleiba. No hot r em Mädle übers Hoor gschtricha ond se globt, daß se so tapfer gwea sei. Sui aber hot sich uf d Seite drehet ond hot d Auga zuagmacht. Se hot dean Ma nemme leida könna, der ihren Baba so wüascht gschempft ond beleidigt hot.

Ebbes schpäter isch no dr Vater ans Bett komma, er hot ja wieder mit seim Fahrrad hoimfahra müaßa, ond hot a Gückle Magabrot us seiner Kitteltasch zoga ond a klois Schoklädle:

»An schöana Gruaß vom Johrmarkt!« hot r gsait ond gschmonzlet.

S Kätherle hot en agschtrahlt:

»Danke, Baba, danke!«

Se hänt sich agucket ond verschtanda. Ond über des, was beim Dokter gschwätzt wora isch, hot zu de andre na, kois ebbes erwähnt.

Dr Moscht en dr Moschte

Was für d Onderländer dr Wei isch, isch uf dr Alb ond drom rom dr Moscht. An guata Moscht em Keller hao, des isch dr Schtolz dr Männer gwea. Heidanei war des a Freud für sia, wenn der nuie Moscht em Fäßle so richtig gärt ond blubbret ond braunweißa schaumiga Gischt us em Schpondloch trieba hot. De richtig Gärong, dui isch ganz wichtig, wenn dr Moscht glenga soll. Dr Keller derf drzua et z warm, aber ao uf koin Fall z kalt sei, no scho liaber a bißle wärmer. S Fäßle muaß guat putzet sei, damit r ja koin Schtich kriagt, ond ma muaß regelmäßig nochfülla, daß r ao da Dreck rausschaffa ka, mendeschtens de erscht Zeit. En dr zwoita Hälfte muaß man no ganz en Ruha lao, do schaffet dr Moscht nämlich nahzua. De schönscht Zeit kommt no so gega Weihnachta zua, do derf man aschtecha; do kommts no auf, wia r wora isch.

S gibt aber ao emmer oinige, dia s et verwarta könnet. Dia schtechet en scho a, wenn er no räß isch. En soma Fall brauchet se koi Abführmittel, ond obadrei isch bei deane bis Weihnachta s Fäßle scho leer. Beim Moscht muaß ma halt ao Geduld hao, wenn ma ebbes Rechts will.

Doch ei s ans Moschta hot ganga könna, hot ma erscht s Obscht ernta müaßa. Do send em Herbscht überall dia Leut mit Obschtkischtla, mit Rupfasäck, mit Loitra ond Hoka onderwegs gwea zu ihre Baumwiesa ond Ländla. Obends isch no a ganza Völkerwanderong hoimzoga mit ihrer Ausbeute, vollglada mit Schuabkärra, mit Loitrawägala, mit Fuhrwerker ond oinige sogar scho mit de Auto, so hänt se ihra Obscht hoim. D Moschtereia hänt bis en d Nacht nei gschaffet, om dean Seaga zom verwerta. Ma hot do no viel von Hand pressa müaßa, bloß oinige graoße Küfer hänt scho Wasserdruckpressa ghet.

Mit em Küaferwaga, de kleine Fäßla ao uf em Handwägele, so hot man hoimzoga, dean frischpreßte Süaßmoscht ond mit Oimer en sein Keller traga. Bei de graoße Fässer hot ma da Schlauch vom Küafer mitgnomma ond da Moscht do drenn na gschlauchet, ond des isch so ganga: Oba hot ma da Schlauch ens Transportfaß gschteckt, durch s Kellerfenschterle naglegt und onda hot oiner d Luft us em Schlauch gsauget ond en no schnell ens Schpondloch vom Moschtfaß gschteckt. No isch dr Moscht von ganz aloi nagloffa. So hänt de meischte a physikalisch Gsetz agwendet, ao s Kätherle, ohne no zom wissa worom, des hot s Mädle erscht schpäter en dr Schual no glernet.

Em allgemeina isch dr Moscht a apassongsfähigs Getränk, ma ka en nämlich en jeder Weise schtrecka. Scho beim Asetza kommt ebbes Wasser drzua, weil des em Moscht förderlich isch, doch des »Ebbes« isch halt a dehnbarer Begriff. So hots vorkomma könna, daß bei oinige mei Wasser wia Moscht em Fäßle war. So a ganz a Schlauer hot jedesmol, wenn er en Keller ganga isch zom Moscht hola, en Kruag voll Wasser mit na. S Wasser hot r oba neigschüttet beim Fäßle ond da Moscht onda raus glao. Was des bis em nächschta Johr für en Moscht geba hot, des ka ma sich denka.

»Des isch scho en Ordnong«, hot seller zu seiner Rechtfertigung gmoint, »em Sommer derf dr Moscht sowiaso et zu schtark sei, soscht isch ma bei dr Arbet bloß dauernd bsoffa!«

Bei Kirchhofbauers isch nia mei Wasser nei komma wia nötig, denn uf en guata Moscht hot dr Bauer ebbes ghalta. Ma hot ja ao selber gnuag Obschtwiesa ghet em Zirschtel henta, do wos noch Überkenga zua ganga isch. Ao Braubira hots do geba ond von deane hot ma emmer an extra Moscht gmacht. So a Braubiramoscht, moi der hot oin scho manchmol gschmissa. Dean hot ma beim Baura aber bloß em Wenter agschtocha, em Sommer wär der nex gwea, do wäret soscht älle bloß no bsoffa romgloffa.

Bei soviel Obscht em Gäu hots natürlich ao viele Moschtereia geba, ond viele Obschtbaura hänt sogar ihre oigene Obschtmühla ond Pressa ghet. So ao em Kätherle ihra Döte, dr Rätschamüller. Ab ond zua hot ma desweaga bei Kirchhofbauers ao en dr Rätschamühle gmoschtet, was em Kätherle gar et gfalla hot. Erschtens isch dui Moschte ganz onda neber dr Wäschkuch wia a Keller en Boda nei graba gwea, zwoitens wars do emmer naß ond kalt ond drittens hot ma älles no von Hand pressa müaßa ond dodrbei hots manchen Ofall gea. En graoße, viereckige, hölzerne Pressgschtell hot ma da gmahlana Obschtbrei lagaweis zwischa Presstüacher eigfüllt, mit Holzbohla adeckt ond dia Bohla durch Zuadreha von ra dicka Gwindschraub uf dui Maische preßt, daß dr Saft ausgloffa isch.

Zom Zuadreha hot ma lange Eiseschtanga ghet, dia ma ruckweis weiterdruckt hot. A eiserner Schplint am Zahnrad hot verhendret, daß dui Schraub hot zrückrutscha könna. So hot ma druckt ond gschnerrt ond ao dia Kender hent dodrbei helfa müaßa. De Erwachsene hänt an de Schtanga druckt ond dia Kender hänt uf dr andra Seite zoga. Weil aber dia Löcher, wo ma d Schtanga nei ond raus gmacht hot, scho arg ausglottret gwea send, send d Schtanga beim Drucka beidrweil rausgrutscht. No send älle uf dia nasse, kalte Schtoiplatta napurzlet. D Kender hänt dodrbei oft dia Eiseschtanga uf d Nas oder an Kopf na kriagt ond de Erwachsene send ao no uf se nauf gfloga. Koi Wonder, daß em Kätherle jedesmol grauset hot, wenns ghoißa hot, ma moschtet en dr Rätschamühle. Zu der Zeit hot ma Kender ja no et gfroget, was en paßt ond was et.

So isch halt ao amol wieder gwea, beim Moschta, s Kätherle hots verwischt ghet: d Lipp war aufgschlaga, s Bluat isch ra gloffa, naß isch se gwea vom nassa Boda ond gfraora hot ses ao ond vor lauter Heula isch ra d Nas gloffa. Do isch dr Müller, ihra Döte, a graoßer Ma, von dr Mühle raus komma ond über da Hof zur Moschte nom, hot dui verheulta ond verschmierta Krott schtanda seha, do hot der sich vor Lacha fascht nemme kriagt. Do wär s Mädle am liabschta en Boda nei versonka, oder am liabschta glei gschtorba, so hot se sich gschämt ond so oglücklich war se. Doch plötzlich hot dr Ma d Auga zuadruckt, hot sich omdrehat ond isch schnell en dr Moschte verschwonda. No ai s Kätherle recht begriffa hot, isch a buckligs alts Weible uf se zuagschlurfet. D Großmuater, d Schtiefgroßmuater isch gwea, de recht Großmuater isch scho zu Kätherles Muaters Kender-Zeita gschtorba gwea, ond des Weible hot et glachet, noi gwiß et, sui hot des Mädle en Arm gnomma, hot ihra graoß Sacktuach rausgruschtlet ond dodrmit ganz vorsichtig em Kätherle sei Gsicht aputzet. Des Tüachle isch no warm gwea vom Rocksack ond woich. Em Kätherle isch dui Wärme bis ens Herzle neidronga. Do hot se plötzlich nemme schterba wölla.

D Schtiefgroßmuater hot s Mädle an dr Had gnomma, isch nom zur Moschte ond hot neigschria:

»I nemm des Mädle mit zu mir nauf!«

S ischt koi Widerred komma, ond so send dia zwoi nauf en d Ausgedengwohnong von dr Großmuater. Do wars warm ond a ganz hemmlischer Duft von frischem Apfelkuacha isch em Kätherle en d Nas gschtiega, daß ras ganz andersch wora isch. D Großmuater hot ihra dia nasse Kloider auszoga ond an Ofa ghenkt, hot s Mädle vorsichtig abgwäscha ond ra no a graoß Stück warma Apfelkuacha geba. Do isch sich des Kend grad vorkomma wia em Hemmel. Dr Ofa hot brommlet, warm wars ond Großmuater hot ganz liab mit deam Mädle gschwätzt. Do isch em

Kätherle ganz zwieschpältig z Muat wora, denn drhoim hot ma so oft über dui baißa Schtiefgroßmuater herzoga ond gsait, se sei a ganz baiß Weib. Em Kätherle sei Herzle isch aber deam Weible mit volle Segel zuagfloga, se hot gar nex drgega macha könna.

Noch etlicher Zeit, d Kloider send scho wieder trucka gwea, hot d Muater noch ra gschria ond se hot ganga müaßa. D Großmuater hot ra schnell no a Schoklädle ens Mäule gschteckt ond so send se em beschta Eivernehme usanander ganga. Von seller Zeit a isch s Kätherle ab ond zua von sich aus zur Großmuater ganga ond hot se bsuacht ond d Muater hots ra et gwehrt. S ischt nämlich so gwea, daß d Eltra ond dr Onkel mit dr Schtiefgroßmuater nemme gschwätzt hänt, weil se domols beim Tod vom Großvater übers Erba en Schtreit komma send.

»Was ganget mi deane ihre Schtreitigkeita a«, hot s Kätherle denkt, »mir hot des Weible bloß Guats doa, worom soll e et zu ra na ganga.«

Jo, ma merkts, s ischt ra scho langsam ihr oigener Kopf gwachsa!

Dr Goga

De Jonge werets kaum no wissa, was des isch, a Goga, aber de Ältre, dia denkt sicher no aweng wehmüatig an selle graoße ronde Schtoikrüag mit de enge Häls ond seitlich abrochte Henkl.

Ma hot selle Krüag ao schtellaweis drom Henklkrüag ghoißa. So a Moschtkruag isch meischt grau oder brau gwea, oinige ao aweng bemolt ond lasiert. En deane Krüag hot ma s schwäbische Nationalgetränk, da Moscht, mit uf s Feld gnomma. Zom Transport isch dr Kruag meischt en en Korb oder Oimer neigschtellt wora, damit em ja nex passiera könn. Ma hot no aweng frisches Gras dromrom gschtopft, des hot en frisch ghalta, da Moscht. Em Oimer hot man onder da Waga ghenkt, denn des isch noch alter Erfahrong dr sicherschte Platz gwea für da Kruag ond dr gschickteschte.

Erschtens war er do emmer em Schatta, zwoitens hot en koiner omschmeißa könna, drittens hot koi Fremdr dra na könna ond viertens hänt en dia Knecht beim Auflada emmer parat ghet.

So a Moschtkruag war en gewisser Hinsicht ao a Wertobjekt, mit deam ma ganz vorsichtig omganga isch. Vor ällem de Kendr hot ma eigschärft, ja uf dean Kruag aufzpasset, wenn sen de Erwachsene nochtraga hänt. So hot ao s Kätherle emmer achtgeba, wenn se dean Kruag en de Händ ghet hot.

Oimol aber, ma hot an sellem Tag wenig eigführt ghet ond isch zeitig hoimkomma gwea, do hot s Mädle anscheinend amol wieder dr Haber gschtocha. Wia se da Kruag hät solla nauftraga en Kuche, hot sen em Übermuat am Henkl no so awenga hin ond her gschwenkt ond weil des so schöa gwea isch, hot se emmer größere Böga gmacht ond am End da Kruag sogar rondom em

Krois gschwonga wia a Keulawerfer. Dodrbei hot se aber feschte aufpaßt ond da Griff guat ghebt ond s wär ao sicher nex passiert, wenn et dr Bauer, der en dr Scheuer Gras aglada hot, aufguckt hät ond uf des leichtsennige Schpiel vom Kätherle aufmerksam wora wär.
Glei schreit r se a: »Ja witt du Donnerskrott des et glei bleiba lao!«

Ond do hot s Mädle vor Schreck ond Folgsamkeit halt glei da Henkl fahra lao. Der Kruag isch mit ma Mordsbätscher uf em schtoiglegta Scheuraboda en honderte von Fetza verfahra. Do isch dr Bauer aber ra vom Waga ond hot sich s Mädle gschnappt ond a Gäulhalfter derzua ond hot sei folgsams Töchterle verdroscha, ond des et z wenig, denn s Drescha hot r als Bauer wohl los ghet. No, dia Schläg, so arg se zerscht ao gsotta hänt, hot s Kätherle bald wieder vergessa ghet, an des Hochgfühl von deam schwengenda Kruag hot se aber no johrelang denka müaßa.

Huafeise brenget Glück

Em Volksmund hoißt s, daß Huafeise Glück brenge. S Kätherle hot sich oft gfrogt, was für a Huafeise do gmoint sei könnt: S nuie oder s alte, s verlaorane oder s gfondane.

Also für sui selber isch bei de Huafeise et weit her gwea mit em Glück. Des isch glei mit de nuie Eise aganga en dr Schmiede.

Do isch ma beim Gäulbschlaga beim Rottler, so hot dr Schmied ghoißa, en der zugiga, schwarzruaßiga Schmiede gschtanda ond hot em beißenda Rauch vom agsengta Huaf de Gäul d Füaß aufheba müaßa. Dui ewiga Prozedur vom Apassa ond Aufbrenna, vom Aufnagle ond Aklopfa hot de Gäul ao et paßt, ond se hänt beiderweil gschnerrt ond sich losreißa wölla, so daß s Mädle hin ond her torklet isch ond ihra letschta Kraft braucht hot, om schtandhaft zom bleiba. »Heb de, Mädle, heb de!« hot dr Schmied, a Bollama mit Händ wia zwoi Schraubschtöck, glachet ond sich helenga gfreut.

Oimol hot ses aber oifach nemme verhebt. Dr Schmied isch mit seim glühenda Eise aweng z näch ans Leaba em Huaf na komma. Des hot dr Gaul sich et gfalla lao ond hot ausgschlaga. S Kätherle isch wia a Ball d Schmiede lang gfloga bis ans andre End ond hot sich henterher erscht bsenna müaßa, wo se sei. Gmacht hots ra weiter nex, bloß a mordsmäßige Wuat hot se ghet, weil se weiter hot aufheba müaßa. Also von Glück koi Schpur. Ao schpäter et, wenn dia Huafeise scho a Weile traga gwea send, denn no hot ma müaßa dia Schtolla ond Griff, des waret kloine Eiseschtückla, dia ens Huafeise eidrehet waret, erneura. Ao do isch ohne Aufheba von selle Pferdefüaß et ganga, ond des isch meischt Kätherles Amt gwea. Send dia Gäul müad wora vom uf drei Füaß schtanda, hänt se sich äls ganz kräftig uf dean glehnt, der aufghebt hot.

Von Zeit zu Zeit isch ao vorkomma, daß sich

so a Eise glöst hot vom Huaf. Isch des uf em Acker oder dr Wies passiert, no hot ma laufa könna ond suacha, ond hot s oft erscht et gfonda. Hot ma s aber gfonda, war s Glück ao et grad bsonders, denn s Gebruttel, worom ma s et bälder gmerkt oder wenigstens gfonda hät, isch äls no a Weile weiterganga.

S Kätherle hot dorom mit em Petrus en seller Gschicht von Goethe guat mitfühla könna, wo sich der weaga deam Bröckele Huafeise et buckt hot, sui hät s nämlich ao et aufghebt, des Deng, weaga deam se sich so oft hot ärgra müaßa. Ja, der Petrus hot ra richtig loid doa, weil er doch henterher ao no dr Blamierte gwea isch.

Ihra selber isch des sogenannte Glückszoiche sogar amol fei säuberlich uf da Bauch tätowiert wora, ond des hät sogar leicht domme Folga hao könne.

S war em Heuet ond a schwüler Tag. Dia Breama hänt dao wia verrückt. Do hot s Mädle Mitleid ghet mit de Gäul ond hot ehne a Decke drüber geba, damit se wenigschtens et überall hänt naschtecha könna dia Viecher. Grad wia se dui Decke no aweng zrechtziaga will, hot dean Gaul oina von deane graoße Breama gschtocha ond zwar an a ganz empfendlicha Schtell na. Vor Schmerz schlägt er aus ond s Kätherle isch wieder amol gfloga. Zom Glück war se no et so schwer ond glandet isch se ao woich, grad uf a ma Heuhaufa. D Eltra send scho ganz schöa verschrocka ond send ao glei mit em Mädle zom Dokter ganga. Der hot gmoint, er könn koine ennere Verletzonga feschtschtella, aber sicher sei sicher, ma soll s Kend liaber vier bis fönf Tag em Bett lao, falls doch ebbes agrissa wär. So isch s Kätherle mitta en dr Heuernt gmüatlich em Bett gleaga ond hot gelegentlich ihr blauviolettes Huafeise uf ihrem Bäuchle betrachtet. Schmerza hot se koine ghet, mendeschtens koine schlemme, ond älle hänt ao no Mitleid mit ra ghet. So isch se gleaga ond war zfrieda ond glücklich, also hot ra a Hufeise doch Glück brocht. Ja, wenn ma s so nemmt! S Glück goht halt oft sonderbare Weag, bis zu de Leut fendet.

S Legoi

Dr Wilhelm hot bei Kirchhofbauers zom Sonntig ghört wia s Amen zur Predigt. Scho morgnets zwischa siebne ond achte isch r komma, hot d Gäul putzt, gschtriegelt ond gfüatrat, hot ausgmischtet ond d Fuatersiedel frisch gfüllt ond isch zwischanei em Kämmerle, deam allgemeina Aufenthaltsraum zwischa Schtall ond Kuche, ghockt, hot Moscht tronka ond sei Pfeifle graucht.

D Kender hänt äwel aweng Reschpekt vor em ghet, scho weaga seine raote Hoor, seine buschige Braua ond seim rötlicha Schnauzbart. En seiner derba kurzdrongana Poschtur hot r viel Ähnlichkeit mit ema Riesaschnauzer ghet. Sei Nas hot bis gega Mittag bald so raot gleuchtet wia seine Hoor ond beim Mittagessa hot r neighaua wia a Scheunadrescher. S hot sonntigs emmer Schweinebrota ond Dampfnudla geba ond dr Wilhelm hot gmoint, des sei sei Liablengsessa. S Kätherle hot äls kaum essa könna, weil se vor lauter Gucka, wia dui fetta Soß sich em Wilhelm seim Bart gfanga hot ond zrücktropft isch uf da Teller, sich ganz vergessa hot. Ma hot em Wilhelm sei Essa gönnt, denn des ond dr Moscht waret sei oiziger Loh. Geld hot r kois kriagt, denn r war ja et em Denscht. Dui Sach hot sich oifach so ergeba. Dr Wilhelm, a Bauraknecht vom Land, der en d Schtadt zoga isch, weil r soscht koi Arbet gfonda hät, isch oimol sonntigmorgnets plötzlich em Hof gschtanda ond hot em Bauer zuagucket, wia der seine Rösser gschtrieglet hot. Do isch em Wilhelm uf oimol ganz andersch wora. Seine Händ hänt gjuckt. Er hot da Kittel en a Eck gschmissa, isch na zom Bauer ond hot gsait:

»Bauer, laß mi a bißle schtriegla, bloß a Weile!«

Em Bauer wars glei recht, denn r isch scho ganz schöa ens Schwitza komma gwea. Do hot dr Wilhelm da Schtriegel gnomma, als wärs ebbes ganz heiligs, isch na zu deam Gaul ond hot en agschwätzt fascht wia a Muater a verängschtigts Kend. Ganz zart ond vorsichtig, so wia ma des deam derba Kerle gar et zuatrauet hät. Er hot des Pferdefell schtreichlet ond ganz tiaf dean scharfa Geruch eigatmet, ond no erscht hot r afanga zom putza.

Dr Bauer hot glei gseha, daß do a Fachma am

Werk gwea isch ond a Liabhaber drzua, ond er hot en gera weiterputza lao. Dr Wilhelm aber hot gschtrieglet ond gschtrahlt, grad so, als häb en s Kätzle gschleckt. Do hot r sei ganz Hoimwei noch seim Dorf ond dem Landleaba mit de Gäul uf em Hof wegputzt ond rausgschwitzt ond isch em ganz wohl wora drbei. Wia er no henterher vom Baura mit nauf ens Kämmerle gnomma wora isch, zoma Krüagle Moscht trenka, ond er ao no zom Mittagessa hot bleiba derfa, do hot r plötzlich gmoint, daß sichs vielleicht ao en dr Schtadt leaba ließ, wenn r no wenigschtens sonntigs a paar Gäul onder de Händ hät ond sich als Bauraknecht fühla könnt ond nemme als Fabrikler. So isch des Verhältnis z schtand komma. Ma hot en seller Zeit mit em Pfennig rechna müaßa, ond wenn dr Bauer em Wilhelm außerm Essa ond em Moscht ao äls no a Päckle Tabak zuagschteckt hot, no hot der sich et no bedanket drfür. A freis Essa, a Glas Moscht, a Schtückle Brot oder gar a Oi, des send Werte gwea, mit deane ma grechnet hot. Des muaß ma bedenka, soscht ka ma dui folgenda Begebaheit et verschtao.

Henna ghairet zom Baurahof wia d Kirch zom Dorf. Dia Henna waret aber no et en Legefabrika eigschperrt gwea. Noi werle, frei send se rom gloffa em Hof ond em Schtall ond ab ond zua ao en Kuche nei. Se hänt wohl en oigana Schtall ond ao a Legschtälle ghet, an dia ma se gwöhnt hot, doch emmer wieder hots Individualischta geba, dia sich ihra oigana Legeschtell rausgsuacht hänt. So hot grad de bescht Legre bei Kirchhofbauers sich d Fuaterkischt em Roßschtall als Legplatz ausgsuacht ghet. Do nei hot des Tierle fascht regelmäßig Tag für Tag ihr Oi nei glegt, ausgnomma sonntigs, denn am Sonntig hot ma nia a Oi von ra gfonda. Daß aber dui Henn so fromm sei, daß se da Feiertag heiliga däa, hot em Bauer et en Kopf nei wölla. So hot r halt denkt, ob do et a Sonntigsdieb sei Hand em Schpiel, oder besser gsait en dr Fuaterkischt häb. Wia des so beim Veschper am Samstigobed gschwätzt wora isch, hot sich beim Jörgle glei sei kriminalischtischer Senn gregt ond er hot gsait:

»Dean Dieb, dean han i bald gfanga, weret seha!«

Am Sonntigmorga hänt sich dia drei Kender emmer aweng om da Roßschtall rom aufghalta ond prompt isch ao dui Henn komma ond hot ihra Oile glegt. Doch kaum, daß se laut gackernd vom Nescht gwea isch, hot s Jörgle des no warme Oi raus us dr Fuaterkischt ond hot dodrfür a weiß Kalkoi, des ma de Henna als Legoi en d Neschter glegt hot, nei doa. No hänt sich dia Kendr schnell verschteckt, ond scho isch ao dr Oierdieb erschiena. S war dr Wilhelm. Schwupp isch sei Hand en d Fuaterkischt neigfahra ond hot des Oi rausgholet. Schnell hot ers en d Tasch nei verschwenda lao, do muaß em doch ebbes aufgfalla sei. Vielleicht weil des Oi scho so kalt gwea isch. Er hot sei Hand nomol zruckzoga ond des Oi agucket ond des Gsicht isch emmer länger wora. Arg geischtreich hot r et ausgseha drbei, ond s

Jörgle ond s Klärle hänt sich fascht nemme kriagt vor Lacha. Em Kätherle hot dr Ma aber plötzlich so loid doa, dr Wilhelm. Do isch se helenga drvogschlicha, na en de onder Schuier, ond do, em henterschta donkla Wenkel, hot se ganz arg heula müaßa, se hot selber et recht gwißt worom.

D Geburtstäg ond wenn ma krank gwea isch

D Geburtstäg send früher koine so graoße Ereignis gwea, daß ma desweaga viel hergmacht hät, aber irgendwia isch ma deam bsondra Tag doch aweng gerecht wora. Bei Kirchhofbauers hot s zur Traditio ghört, daß des Geburtstagskend a Oi eigschlaga kriagt hot. D Kender ois, d Muater zwoi ond dr Vater drei. S hot überdes a Tafel Schoklad ond zwoi süaße Schtückla geba ond uf dia Herrlichkeita hot ma sich s ganze Johr druf gfreut. Dodrbei hot eigentlich richtig gseha jedes fönfmol Geburtstag ghet em Johr ond des isch doher komma: S Oi hot des jeweilige Geburtstagskend eventuell aloi essa derfa, wenn s gnicket gnuag gwea isch, de andre Sacha hot s aber ganz genau en fönf gleiche Toil toila müaßa. No war s am End fascht gleich, ob ma jetzt selber oder a anders Geburtstag ghet hot. Wenn s Kätherle selber dra gwea isch, no isch se jedesmol schwer en Versuachong komma, des ganze Zuigs amol aloi aufzesset, denn se isch halt scho a args Schleckermäule gwea.

Traut hot se sich s aber nia.

En der Hinsicht isch bald besser gwea, ma isch krank wora. Do hot ma nämlich dean feina, süaße Tee ganz aloi trenka derfa. Ma hot ao a Honigbrot ond a woichs Oile kriagt ond manchmol sogar en Zitronasaft, ond äll dia Herrlichkeita hot ma mit nemerd toila braucha. Wenn ois krank gwea isch, no hot ma s en d Schtub rei bettet uf s Sofa onder dr alta Pendluhr. Do isch ma no gemüatlich em Bett gleaga ond de andre hänt aloi schaffa müaßa. Etliche mol isch s Kätherle do gleaga ond hot uf s Ticka von dr Uhr gloset ond uf da Schtondaschlag, der sich äwel mit ma metallischa Krächza akündigt hot. Do wär se no mit sich ond dr Welt wohl zfrieda gwea, denn ma isch ao no von de andre bemitleidet wora, wenn s oim no et so saumäßig schlecht gwea wär drbei. Dr Kopf hot brommt ond d Nas isch gloffa, ond älle Knocha hänt oim oinzeln wai doa. Koin Appetit hot ma ghet an äll dia guate Sacha na. En ihre Fiaberträum hot no s Mädle oft denkt, wenn s ra jetzt doch bloß et so schrecklich schlecht wär, no gäng s ra wirklich guat.

Isch ra no endlich wieder besser ganga, so, daß se äll des Guate hät so recht geniaßa könna, glei hot dui ganza Herrlichkeit a End ghet ond es hot ghoißa:

»I glaub, dir gohts wieder guat, schtand no auf ond helf mr Kartoffel schäla ond no deckscht da Tisch, daß ma essa ka.

Rebellio em Hennahof

S isch Ende Februar oder ao scho Afang März gwea. S Kätherle ond dr Bauer send vom Miischtführa hoimkomma, do isch en d Muater ganz aufgregt entgegekomma:

»O Ma, no guat, daß da kommscht. Sag mr bloß, könnet d Henna denn ao Tollwuat kriaga? Se soll doch zur Zeit grad wieder so romgao.« Dr Bauer hot erscht a Weile saudomm gucket, hot no da Huat glupft ond sich am Kopf kratzet, weil r ao et gwißt hot, was er do saga könnt. Schliaßlich isch r ja bloß a Bauer gwea ond koi Tierarzt. Zuagea, daß ers et woiß, hot r aber ao et wölla ond drgega gfrogt: »Ja worom wit denn des jetzt grad wissa?«

»Worom, worom«, hot d Bäure weiter ganz aufgregt dao, »weil osre Henna älle schpennet. Dia laufet älle gackrig rom, rennet kreuz ond quer ond oina will pardu äwel beim zuana Kuchefeischter neifliaga!«

S Kätherle hot Maul ond Auga aufgschperrt über sodde Nuigkeita, ond dr Vater hot sich erscht nomol kratza müaßa. S hot en aber ao et weiter brocht ond drom hot r zerscht ans Nächschtliegende denkt:

»Weib, laß ons doch zerscht amol aschteiga ond d Gäul ausschpanna, ond no gucket mr dui Sach amol a.«

Glei hot d Muater afanga d Schträng losmacha. S Kätherle hot s aber nemme ausghalta vor

Neugier. Wia dr Blitz isch se ra vom Waga ond hot wölla durch d Schuier hentre zom Hennaschtall. Do isch ra aber ao scho dr bontgfiederte Gockel em Tangoschritt entgegekomma. Mit aufgrecktem Hals isch der durch de ganz Schuier marschiert. »Do guck doch, guck!« hot d Muater gschria, wo sen hot komma seha. Doch ei dr Bauer hot recht gucka könne, hot dr Gockel zom Flug agsetzt. Er isch aber et weit komma, bloß grad bis uf d Mähne vom Sattelgaul, der scho ausgschpannt no am Waga gschtanda isch.

Wo er do mit lautem Kikeriki sich feschtkrallt hot, isch dr Gaul en panischer Angscht auf ond drvo galoppiert, naus us em Hof, nüber über d Rohrachbrück em Wald zua. Er hot drzua durch Nochbers Hof müaßa. Dr Nochber hot grad da Recha vom Waga ra glanget ond hot dui Situatio schnell erfaßt. Beherzt isch der deam Gaul en Weag nei gschtanda ond hot mit seim Recha gfuchtlet. Do hot des verschreckte Tierle kehrt gmacht ond isch zruckgaloppiert en oigana Hof ond en Schtall nei. Dr Gockel hot dui schnella Kehrtwendong et verkraftet, hot sich aber ei r ragfloga isch, uf seine Flügel bsonna, ond isch em haocha Boga uf Nochbers zwoita Schuier direkt neberm Bach zuagfloga ond ao sicher uf em Dach glandet. Do hot r sich no schnaufend von seine Schtrapatza erholet. Jetzt hot da Bauer so langsam ao d Aufregong packt, doch zerscht hot r sein aufgregta Gaul beruhiga ond abenda müaßa. No isch r mit seine schwere Miischtschuha ao durch d Schuier gschtapft, hentre zom Hennahof hentrem Haus. Do isch händerengend sei Bäure gschtanda ond hot uf dia Viecher guckt, dia toils gackrig romgfloga, toils mit komisch ruckartige Bewegonga romschtolziert oder torklet send. So hot sich no dr Bauer zom dritta Mol sein Schädel kratzt ond no gmoint:

»Weib, do muaß so schnell wia möglich a Tierarzt her!«

Dodrmit isch er weiter zur hentra Haustür gschtapft, om ans Telefo zom ganga. Scho hot r Türaschnall en dr Hand ghet, do schtutzt r, guckt, fangt a zom Lacha, lacht ond pruschtet, daß dr Bäure Angscht ond Bang wora isch, weil se denkt hot, jetzt häbs da Ma ao no verwischt, dui saudomma Kranket, dui saudomma. Er lachat weiter, wenkt se her, ka vor lacha et schwätza. Sui traut sich kaum na, isch uf älles gfaßt. Do zoigt r ens Eck nei uf da Komposchthaufa, wo drei Henna emsig kloine schwarze Beerla aufpicket. Verschtändnislos guckt sen a. Do fendet r sei Schproch wieder:

»O Weib, en Tierarzt brauchet mr do et, dui Kranket kenn i zur Genüge! Bsoffa send se, deine Henna, samt em Gockel!«

Jetzt begreift ao sui ond lachet erleichtert mit:

»Freile Ma, dia Schnapsbeera!« se scherret aweng em Haufa rom. »I hao doch heut morga da Weihnachtsschnaps vollends agschüttet ond da Kolba putzet, ond no dia Beerla uf da Komposchthaufa gschmissa. Ja hao i denn denka könna, daß dia Lompatierla an dia Schnapsbeerla ganget.«

Ma hot etliche Zeit vor Weihnachta, no en dr Beerazeit, Kirscha, Heidelbeer ond schwarze Träubla mit ebbes Zucker en Schnaps agsetzt, des isch dr allgemein übliche Weihnachtslikör gwea, dean ma de Gäscht zo de Gutsla abotta hot.

»Husch, weg ihr bsoffana Bande!« hot jetzt Bäure gschria ond mit dr Schaufel a Loch gmacht ond dia Beerla neigscherret ond guat mit Komposcht zuadeckt, »euch wer i scho helfa!«
Mit em Gockel hot ma no a Mordsgschäft ghet, bis ma dean Kerle vom Scheuradach ragholet ghet hot, denn sonscht wär r vielleicht em Schlof en seim Rausch en d Rohrach nei purzlet.

Für s Kätherle isch des älles natürlich a Mordsgaude gwea.

Am andra Tag send dia Henna scho fascht wieder normal gwea. Se hänt et amol Knickebeinoier glegt, wia s Kätherle heimlich ghofft ghet hot, bloß halt wieder ganz normale Hennaoier, vielleicht mit aweng Alkoholzuasatz.

Frucht des Zorns

So oifach isch es oft et gwea für s Kätherle als Baurakend en dr Schtadt aufzwachset. Fürs erschte hänt dia Mitschüalerenna des öftera ihre feine Näsla naufzoga ond gsait, sui schtenk noch Kuhaschtall, ond fürs zwoite hot se halt ao gseha, daß dia längscht et soviel hänt schaffa müaßa wia sui. Vor ällem em Sommer, wenn koi Mittagsonterricht gwea isch, no hänt dia ens Bada könna ond sui hot schnell uf s Feld komma müaßa zom Helfa.

So isch grad ao wieder amol gwea; se isch am ma sauhoißa Tag hoimkomma von dr Schual, do isch a Zettl uf em Tisch gleaga:

»Füatre Henna ond Säu ond laß des Kälble saufa. Essa isch en dr Tischlad. Komm no glei naus uf d ondra Wies em Zirschtl!«

S Kätherle hot dean Zettel gnomma, zemmaknittret ond vor Wuat en da Holzkorb neberm Herd neigschmissa. Noch ma fönfschtöndiga Schualbsuach ond ma langa Hoimweag en dr Mittagshitz, isch ra dui Aussicht uf en arbeitsreiche Nochmittag beim Heua ond no am Obed des Ablada von de volle Wäga en dr Schuier et grad gschliffa komma. Se hot an ihra Schualkamerädle denka müaßa, an ihra Neabasitzre, dui sich da ganza Mittag hot em Freibad romdrucka derfa. So hot se oluschtig ihr kalta Mahlzeit nadruckt, hot no afanga d Henna z füatra ond aschliaßend d Säu. Se hot dia volle Fuateroimer fascht et verschloifa könna ond no hot ra ao no oina von de Saua da Oimer uf d Seite druckt, so daß ra dui Kartoffel- ond Fuatermehlpampe en d Schuha nei gloffa isch. Endlich aber hot se no doch älle Trög gfüllt ghet, ond des Heer von selle aufgscheuchte Mucka hot sich noch ihrem surriga Romfliaga uf dia fressende, schmatzende Säu niederglao. S Mädle hot sich agecklet agwendet. S isch ra uf oimol älles so zwider gwea, dia Mucka, der Gschtank, der dreckige Schtall, dia verbeulte

Fuateroimer, oifach älles. Ao wo se en Kühaschtall nom komma isch, hot ra dui schtickiga, hoißa Luaft fascht s Schnaufa verschlaga. Oluschtig hot se des Kälble losbonda ond an d Kuha na glao. Ao do send von der Bewegong glei a ganz Heer aufgscheuchter Mucka romgsurret. Do isch em Kätherle fascht ganz domm wora. Se hot s nemme ausghalta em Schtall ond isch naus en d Schuier. Do wars et ganz so hoiß. Dr Duft von frischem Heu ond Fuatergras hot ihre Longa guat doa. Do hot se sich en des frische Gras neifalla lao ond wär am liabschta nia, nia mei aufgschtanda. Ja am liabschta wär se glei ganz gschtorba, no hät ma se wenigschtens nex me hoißa könna.

Ja mei, dia hättet vielleicht gucket beim Hoimkomma, wenn sui daot em Gras gleaga wär! S hot ra richtig guat dao, do dra zom denka. Vielleicht dätet se no sogar om se heula, des wär doch schöa! No aber hot se dra denka müaßa, daß sui ja nex mei dodrvo hät, denn de Daote händ doch d Auga zua, ond no dät se s sowiaso et seha wia se heulet. Also isch se halt wieder aufgschtanda wo des Kälble blökt hot ond isch wieder nei en dean schtenkiga, schtickiga Schtall ond ao glei en en Kuhaflada neitrapet, weil se ja mit ihre Gedanka et drbei gwea isch.

»Scheißdreck elendiger!« hot se gschria ond ihra Oluscht isch emmer mei zu ra Bollawuat wora. No wia se des Kälble hot en d Box zruckbrenga wölla, isch des bockig gwea ond hot nausgschlaga ond sui direkt ans Scheeboi na. Des hot ganz schöa gsotta ond s Mädle hot aufgschria vor Schmerza. Ond wia s no emmer no et gloffa isch, do hot se sich plötzlich nemme kennt vor lauter Wuat. Ja se hot nemme gwißt was se duat, hot des Kälble mit boide Ärm packt ond haochglupft, d Wuat hot ra ogeahnte Kräft geba, ond no hot se des Viech an sich nadruckt, daß es nex me hot macha könna, so fescht hot se druckt.

»Dir werd es zoiga! hot se em Onderbewußtsei denkt, ond no isch ebbes über se komma, des se no nia kent hot, a Art Machtrausch, a Triumpfgfühl: »I, i hao des Vieh bezwonga!«

Do isch plötzlich gwea, als halt de ganz Welt da Atem a ond a kalta, fremda Hand fahr ra da Nacka na. Jetzt isch s Mädle wieder zua sich komma ond hot vor Schreck des Kälble falla lao.

Des isch druf leablos vor ra gleaga ond a Entsetza, wia s schlemmer en dr Höll et sei ka, hot des Kend erfaßt:

»I hao des Kälble ombrocht«, hot se zu Tod erschrocka gschtammlet. Entgeischtert, fassongslos isch se do gschtanda ond us ra raus hot s gschria:

»Noi, noi, des derf et wohr sei, des muaß doch leaba, i mags doch, i mag doch jedes Tierle so arg!«

Ond jetz, wo se wieder bei sich gwea isch, hot se sich ao et bloß mit Jammra begnüagt, noi se isch naknuilet ond hot dean leablosa Körper grieba ond kneatet, so wia ma bei de nuigeborane Kälbla macht, wenn se et glei schnaufa wöllet. Drbei isch ra en grausiger Todesangscht abwechselnd hoiß ond eiskalt da Buckel rauf ond ronder ond ihre Gedanka hänt em Rhythmus zom Reiba ond Drucka en se neighämmret:

»Mördre, Mördre, Mördre!«

Ond wia se no fascht scho wieder ganz von Sinna gwea isch, hot se afanga zom Beata:

»Liaber Gott, laß doch des Tierle leaba! Helf mr doch! Laß leaba, laß leaba, bitte, bitte!«

Ihre Ärm hot se scho nemme gschpürt ond bloß no automatisch weitergmacht, do plötzlich hot des Kälble an langa Atemzug gmacht, hot seine graoße Auga aufgrissa ond kläglich blöket.

Em Kätherle wars wia Hemmelsmusik. Se hot des Tierle gherzt ond tröschtet. Träna send ra übers Gsicht gloffa ond hänt sich mit em Schwoiß vermischt. Ao sui hot ganz tiaf aufgschnaufet vor Erleichterong, daß des Kälble wieder gleabt hot, aber enna drenna isch des Graußa ghocket ond se hot sich regelrecht gfürchtet vor sich selber. Se isch en deane paar Minuta om etliche Jährla älter wora.

»S isch dr Zora gwea«, hot se sich eigschtanda, »des isch dui Frucht vom Zorn.« Ond weiter hot se denkt:

»Vor dr Wuat werd me hüata müaßa. Aber daß i so ebbes doa könnt, i, wo i doch jedes Tierle mag ond no nia oim ebbes z Loid doa han, des hät i nia denkt, des isch ja furchtbar!«

Wieder isch se gschüttlet wora vom Graua ond se hot Angscht kriagt vor em Leaba überhaupt, vor deam Wesa en sich, des se no so wenig kennt hot.

»Ond was wär erscht gwea, wenn me do nex gwarnt hät, wo s so schtill wora isch rondom? Ond was war des?«

No ganz benomma hot s Mädle des Kälble, des plötzlich ganz willig gfolget hot, en sei Box nei doa. Ond do isch ra so a Kuhadreck verschmierta Muck da Arm lang krocha, dui hot vor Dreck nemme fliaga könna. S Kätherle hot se aber et ärgerlich weggwischt, ja se hot sich et amol me gecklet drvor. Noi, se hot se ganz vorsichtig gnomma ond naustraga uf da Grashaufa, damit se ihre Flügel putza könnt ond trockna lao. S Mädle hot plötzlich en Heidareschpekt vor ällem Lebendiga ghet ond isch ra drnoch vorkomma, als sei des a erschter Schritt gwea zur Wiederguatmachong. Des hot se a ganz klois bißle tröschtet.

Dr Michel ond sei Holz

Dr Michel, des war a grondguater ond redlicher Mensch. Er hot en dr WMF gschaffet, en dr Württabergischa Metallwarafabrik, hot fönf Kender ghet ond a rechtschaffes Weib, ond er isch oiner von Kirchhofbauers Schtammkonda gwea.

S isch ja so gwea, daß dr Bauer neba seiner Arbet uf em Hof ao en Lohnfuhrbetrieb ghet hot. Em Wenter ond zeitiga Frühjohr, do hot er viel Holz gführt, s Brennholz us de omliegende Wälder de Leut vor d Häuser brocht. Des Brennholz isch domols en öffentliche Verschteigeronga abotta wora ond Raummeter für Raummeter em Meischtbiatenda zuagschlaga wora. So a Holz zu erschteigra war gar et so oifach. Ma hät solla des Holz em Wald agucka, damit ma ao gwißt hot, was ma erschteigert, ond ma hot müaßa, wenn ma ois gwöllt hot, flenk biata, sonscht isch ma et zom Zug komma. Zugleich hot s aber ao ghoißa: aufpassa, daß ma et em Eifer des Gefechts z viel botta hot, soscht hät s a teuers Holz geba. En der Hinsicht isch dr Kirchhofbauer dr geborane Schteigerer gwea. Koi Wonder, daß dia Leut zu ehm komma send ond hänt sich ihra Holz von ehm erschteigra lao. Oinige hänt et bloß s Schteigra, sondern ao glei s Zahla em Baura überlassa, ond hänt henterher Holz ond Fuhrloh en Rata abzahlt.

Ao dr Michel hot zu de Letschtere ghört. Do hot sich des Abzahla meischt übers ganze Johr nom nazoga, ond de letscht Mark hot r brocht, wenn s Zeit gwea isch zom s nui Holz bschtella.

Oinige Konda hänt allerdengs ao uf s Zahla ganz vergessa. Do isch dr Bauer mit seim alta Fahrrad am Zahltag losgfahra ond hot bei selle Säumige sei ausglegts Geld wieder Markweis eigsammlet, ond des älles ohne Mahngebühr oder Säumniszuaschlag.

Eiklaga hot r sei Geld eigentlich selta müaßa, höchschtens amol bei nuie Konda, dia denkt hänt, dean guatmüatiga Baura könn ma leicht übers Ohr haoa. Doch wenn r so ebbes gmerkt hot, do isch r hart gwea. Dia hänt henterher s Holz ond da Rechtsawalt zahla müaßa ond gschteigret hot r für sodde nia mei, ao wenn se no so bettlet hänt.

Dr Michel aber hot sei Holz äwel zahlt. So äll zwoi bis drei Wocha, je noch Finanzlage, isch r komma zom Zahla. Do isch r no obends, wenn dr Bauer mit seine Leut vom Feld komma isch, scho em Hof gschtanda ond hot gwartet. Wia an guata Freund hot man begrüaßt, ond glei hot r ao gholfa d Gäul ausschpanna ond s Gschirr wegtraga, denn om so schneller isch ma ans Veschpra komma. No isch ma mitanander naghocket, hot gveschpret ond Moscht tronka ond dr Michel hot seine Nuigkeita us dr Schtadt ond dr Fabrik verzählt. D Bauersleut send schpäter en Schtall naus ond hänt ihra Vieh versorget ond Küha gmolka. Dr Michel hot en dr Zwischazeit sein zwoita Kruag Moscht leer gmacht. Wenn no d Milch em Kühlhaus gwea isch ond s Milchgschirr gschpült, no isch ao für d Bauersleut Feierobend gwea. Schnell isch no ois en Keller ganga ond hot a nuis Krüagle Moscht rauf gholet. No, wenn dr Kruag uf em Tisch gschtanda isch ond ma sich om da Michel rom nagsetzt ghet hot, isch dr graoße Augablick komma: dr Michel hot ganz langsam ond omschtändlich sein abgwetzta Geldbeutel us dr Tasch zoga ond d Bäure isch no scho gloffa ond hot des dicke, schwarze Aufschreibbuach gholet, ond glei druf hot a schöana blanka Reichsmark ihren Besitzer gwechslet. Des isch von dr Bäure en ihrer langschtelziga, saubra, deutscha

Schrift ordentlich eitraga wora ond no hot se em Michel gsait, was r no schuldig sei. Drnoch hot ma sich gegaseitig bedanket. D Bäure hot schnell no an Schurz voll Äpfel gholet für Michels Kender, ond glei druf hot ma sich herzlich verabschiedet, wia s onder guate Freund üblich isch.

Manchmol isch dr Michel ao am Sonntigmittag komma. Do hot r no sei Frau ond etliche von de Kender mitbrocht. Moscht ond Brot, oder ao Kuacha hot ma aufgwartet ond sich a Weile onderhalta, ei dr Michel sein scho bekannta Griff en d Hosatasch gmacht hot. An sotte Täg isch meischt bloß a Fufzgerle gwea, des da Besitzer gwechslet hot, aber ao des isch mit Dank agnomma ond regischtriert wora.

D Kender hänt do no selber ihre Äpfel mitnemma derfa ond d Frau ao no a paar. Dr Abschied isch so herzlich gwea, wia von liabe Verwandte.

Wo ebbes schpäter s Kätherle scho guat rechna glernet ghet hot, send ra selle orentable Gschäft emmer arg verwonderlich gwea, ond se hot sich gfrogt, wia ma denn do überhaupt drvo leaba könn. S hot etliche Jährla braucht, s Mädle hot scho selber Kender ghet, do isch ra plötzlich aufganga, daß eba grad selle orentable Gschäfter ihrer Eltra es gwea send, dia ehra selber en Wert eibrocht hänt, dean ma et mit viel Geld erwerba ka.

Eile mit Weile

S hot zu Kätherles Kenderzeit no wenig Auto geba, ond dia Kutscha vom Kirchhofbauer send so schtändig em Eisatz gwea, vor ällem bei de Beerdigonga. Zerscht hot ma da Tota mit em reich verzierta Leichawaga em Trauerhaus abgholet ond zom Friedhof gfahra. Hernoch isch dr Pfarr drakomma. Dean hot ma mit em Landauer, a ra hochrädriga, gschlossana Pferdedroschke, am Haus abhola müaßa ond zom Friedhof führa ond nochher wieder zruck.

Wenn dr Bauer am Pfarrhaus vorgfahra isch, hot r beim Pfarrer gläutet, hot no da Schlag, so hot ma dui Tür vom Landauer ghoißa, aufgmacht ond isch no glei wieder uf sein Bock naufklettret, damit r schnell hot losfahra könna, wenn dr Pfarrer drenn war.

S hot nämlich fascht emmer pressiert bei de Beerdigonga. Am ma ebbes wendiga Herbschtdag isch dr Bauer uf seim Bock aweng eignickt gwea. Isch aber beim Zuaschlaga von dr Kutschatür glei hell wach gwea ond isch em Galopp em Friedhof zua gfahra. Wia er am Friedhof drußa em Pfarrer galant da Schlag aufmacht, schteigt der gar et aus, weil r nämlich et drenn gwea isch. Dr sell isch ganz verzweiflet vor seiner Pfarrhaustür gschtanda ond hot et gwißt, worom dui Kutsch ohne ehn em Galopp drvo gfahra isch. An da Wend hot dr guate Ma et denkt.

Em Bauer isch nex anders übrigblieba, er hot

halt nomol zruckfahra müaßa ond da Pfarrer hola. Dr Taote hot geduldig gwartet ond de Lebendige isch ao nex anders übrig blieba. Drfür isch nochher om so schneller ganga, weil doch dr Pfarrer henterher Konfirmandaschtond hot halta müaßa.

Ja, ja, ao domols isch scho ab ond zua a Hatz ond a Gschprang gwea.

Dr Zwetschgakuacha

Während dr Ähret isch bei Kirchhofbauers beiderweil hantig her ganga. Des ao desweaga, weil de meischte Felder außerhalb dr Schtadt gwea send ond ma doher so lange Afahrtsweag ghet hot. Isch no ao no a Beerdigong zom Fahra gwea, no wars oft ganz schlemm. De ganz Familie hot mitgholfa, damit dr Vater no uf Zeit weg komma isch. D Bäure hot em Bauer sein Schtaatsfrack rausgricht, d Kender hänt dia silberplattierte Gschirr vom Gang, wo se aufghängt gwea send, en Schtall na traga. No hot ois de Gäul d Hüaf ond em Vater seine gnaglete Schtiefel mit Huaffett eigschmiert, daß älle glänzt hänt. Kreuzzügel ond d Bogapeitsch mit de raote Franza, sowia Huat oder Zylender, schwarze oder weiße Handschuha, je noch Schtand ond Aseha vom Taota, hot ma gnomma. Kaum fertig, isch em Trab zur Wagaremis beim Leichahaus nüber ganga, ond s Kätherle isch henter de Gäul ond em Vater hergschpronga, om bei der Remis schnell dia Gäul mit helfa an Leichawaga zom schpanna.

S isch grad amol wieder en dr Ähret gwea. Ma hot drei Wäga Frucht zom eiführa ghet ond no hät ma solla ao no a Leich führa. Zom Glück isch dui Beerdigong uf da Morga agsetzt gwea. No hot ma ja glei henterher uf s Feld könna. D Muater hot en Zwetschgakuacha nagricht ghet ond hot gmoint:

»Ma, dean Kuacha könntescht doch du glei mit dr Schees mit zom Bäcka nemma, wenn da Pfarr holescht, no braucht ma nochher et vorbei fahra.« »Meinetweaga« hot dr Bauer brommlet, ond Bäure hot dean Kuacha henta uf da Sitz gschtellt ond hot da Kutschaschlag zuaghaua. Selta isch a oifacher Zwetschgakuacha so vornehm zom Bäcka gfahra wora wia seller, doch dui Hoffart hot r ao büaßa müaßa. Dr Bauer hot en seiner Eil da Kuacha ganz vergessa. Der isch em erscht wieder eigfalla, wo r deam jonga Herr Pfarrer us dr Kutsch raus-gholfa hot, denn an deam seim schöana schwarza Talar isch an jener Schtell, uf der dr Mensch zu sitza pfleagt, a graoßer Toil vom Zwetschgakuacha babbet. Wia peinlich für dean jonga Ma, der do aushilfsweise grad sei erschta Beerdigong hot halta müaßa. Verschtändlich, daß der no glei ganz us em Häußle gwea isch. Doch dr Bauer hot en besänftigt:

»No koi Aufregong, des isch halb so schlemm, bleibet bloß gschwend a Weile ruhig schtanda.«

Er hot sei Taschamesser rausgholet us dr Hosatasch ond des Blech us dr Schees ond hot dui ärgerlicha Sach so sauber uf s Blech zrückgschabt, daß ma fascht nex me gseha hot.

»Sodale, des hättet mr!« hot r befriedigt gmoint ond des Blech wieder en Kutsch neigschtellt.

»Sieht ma beschtemmt nex me?« Hot ängschtlich dr Pfarrer gfroget. »Beschtemmt eta«. Dr Bauer hot sich omgucket, »i glaub s hot et amol ebber ebbes gseha.«

Beruhigt isch dr Pfarr druf na zu seiner Beerdigong ond dr Bauer nomol en d Schtadt nei zom Bäcka.

Am Obed, wo ma da backena Kuacha abgholet hot, hot Bäure ganz entrüschtet gschempft:

»Ma, jetzt guck dr bloß dean Kuacha a, der isch ja total verhudlet. Dean hot sicher der schusselige Bäckabua et richtig neigschoba.« »Hm, hm!« mei hot dr Bauer et gsait ond gwartet bis dr Kuacha gessa gwea ischt. Erscht no hot r sei Mißgeschick verzählt ond älle hänt lacha müaßa.

Wenn r aber gmoint hot, s häb nemerd gseha, no hot r sich täuscht, denn bald isch dui Sach em ganza Schtädtle verzählt wora ond en dr Fasnetszeitong isch ao komma.

Mitternachtsschpuk

Am Feierobed, wenns Vieh versorget gwea isch, hot ma sich bei Kirchhofbauers meischt no aweng em Kämmerle, deam Aufenthaltsraum zwischa Schtall ond Küche, zemmaghocket, zom sich Ausruha vor em ens Bett ganga. Hot ma an hoißa Tag henter sich ghet, isch ao no manchs Krüagle Moscht tronka wora ond ma isch leicht en s Verzähla nei komma. D Eltra, müad von dr schwera Arbet, hänt manchmol nemme an d Kender denkt ond dia send no ao mucksmäusle schtill naghocket ond hänt sich so oscheibar wia möglich gmacht, damit se mitlosa hänt könna.

Wenn dr Jakob, dr Ma von dr Taglöhnre en s Verzähla komma isch, no isch bsonders interessant wora. Der hot verzähla könna, o mei, ond a Fetz muaß r en seiner Jugendzeit ao gwea sei, wenn ma seine Schtroich hot glauba derfa. Do hot r no an Schluck Moscht tronka, sich s Maul agwischt ond agfanga:

»Des send no andre Zeita gwea, domols z Bermrenga, wo e mit 13 Johr scho en Denscht hao müaßa zom Friasabauer. Do send no koine Benzinkutscha durch Gegend gfahra ond koi Motorrädle hots geba, mit deam ma schnell en de nexscht Ortschaft hät fahra könna, oder sonscht wo na. Nex wia Schaffa ond Schlofa Tag für Tag, koi Abwechslong en deam Nescht. No hänt mir halt selber für Abwechslong sorga müaßa, dr Hentrabauers Frieder ond i. Der hot am ma

Obed grad wieder gmaulet: »S ischt aber ao gar nex los en osrem Kuhanescht do! Grad, daß ma a Bier trenka könnt em Ochsa, wenn ma a Geld hät ond ao Kartaschpiela. Aber wenn kois hoscht, wia mir, no kascht scho glei ens Bett ganga.«

»Zeit wärs,« hoa i gmoint ond uf Kirchauhr nomgucket, denn do isch scho bald uf Mitternacht zuaganga, so lang hänt mr scho gschwätzt ghet mitnander.

»Grad daß no ab ond zua a Kuha kalbt, des isch ao älles«, hot dr Frieder weiter räsoniert. Ond grad wia r des mit em Kuhakalba gsait ghet hot, isch mir ebbes eigfalla.

»Paß auf, glei isch was los en Bermrenga«, hao i zom Frieder gsait ond ehm mei Idee klar gmacht.

»Guat, guat«, hot der glachet ond isch glei mit ällem eiverschtanda gwea. Also sem mr loszoga. Er isch zom Schmidbauer hentre, ond i ben zom Haldasepp nom. S hot a Weile dauret bis uf mei Klopfa na a Liacht aganga isch, ond dr Sepp von drenna gschria hot: »Was isch denn los, wo brennts?«

I hao me schnell en Mondschatta henterm Fliederbusch verdruckt ond vire gschria: »Ihr sollet schnell zom Schmidbauer komma, s kälbret oina, ond s goht et!«

Dr Haldasepp, der ganz schloftronka rausgucket hot, hot me et gseha, aber des isch ao weiter et verdächtig gwea, denn beim Kuhakalba pressierts ond helfa duat do jeder, weil äwel dr oi da andra braucht. S isch halt so, daß mit deam guata Füatra, dia Kälber viel z graoß weret ond dui Kuha no s Kalb nemme aloi raus brengt. Do braucht ma no a paar kräftige Männer zom Ziaga, denn no muaß schnell ganga, sonscht verschtickt des Kälble.

So hot sich ao dr Haldasepp nex denkt drbei, hot zwar aweng vor sich nabrutlet, isch aber doch en äller Eil en d Hosa neigschlupft ond barfuaß en de alte Schtallschuha ond isch losgrennt.

Wia a weißer Fahna isch a Zipfel vom Nachthemmed, des r erscht gar et auszoga ghet hot, henterher gflattred. Er hot aber et weit laufa braucha, denn om d Kirch rom isch scho dr Schmidbauer en ra ähnlicha Aufmachong ehm entgegakomma.

»Ja isch scho rom!«, hänt boide fascht gleichzeitig gfroget ond zemlich verdutzt en d Weltgschicht nei gucket.

I ond mei Frieder hänt ons vor Lacha schiergar nemme kriagt, denn des isch vielleicht a Ablick gwea, wia dia agsehane Baura do om Mitternacht em Mondlicht gschtanda send ond et gwißt hänt, wer jetzt dr Lackierte sei. S hot a schöas Weile dauret, bis se begriffa hänt, daß ehne ebber en Schtroich gschpielt häb.

»Sotte Lompa sotte elendige, dia soll doch glei...« hot dr Sepp agfanga ond dr Schmidbauer isch eigfalla: »S Kreuz schlag en a, deane Fetza, wenn es raus kriag!«

»Wenn s i end Fenger kriag«, hot dr Sepp beipflichtet«, do garantier dr, dia könnet henterher nemme laufa geschweige denn sitza!«

Ond no send se kopfschüttelnd usanander ganga, jeder do na zruck, wo r herkomma gwea isch.

Dr Frieder hot ganz schöa mit dr Angscht z dont ghet, wo dia zwoi so gschempft hänt. I aber hao ehn ausglachet ond gsait: »Erscht müaßet se ons hao, ond no müaßtet ses ons ao no erscht beweisa könna!«

Dodrmit hot dr Jakob sei Glas austronka ond gsait: »Jetzt wirds aber Zeit zom Heimgao. Gottnacht Bauer, Gottnacht, Bäure!« Aweng wacklig isch er aufgschtanda ond onda naus durch da Kuhschtall. Wia erwachend hot zmol d Muater glei druf gjammret: »Mein Gott, Kender, ihr send ja ao no auf. Jetzt aber schnell ens Bett!«

Ganz schnell ond ohne Widerred send dia Kender druf na ens Bett verschwonda.

Fasnet uf dr Alb

Ja, wenn dr Jakob ens Verzähla neikomma isch, do hot a jeder gera zuaghairt ond am gernschta natürlich s Kätherle ond ihre Gschwischter. Oimol hot r von dr Fasnet verzählt ond do müaßet se s scheints ganz bont trieba hao uf dr Alb, wenn ma älles hot glauba derfa, was dr Jakob verzählt hot.

Em Farraheiner häbe se oimol en dr Fasnetsnacht glei vier Raummeter Holz vors Haus beiget, zwoi vor d Haustür ond zwoi vor d Schuier.

Do häb dr Heiner am Morga durchs Feischter nausschteiga müaße, om seine Eigäng frei zom macha. De graischte Birka, dia am erschta Moi bei de Dorfschöane vors Feischter nabonda gwea seie, seiet von ehne gwea ond bei selle, dia se et leida häbe könna, do sei drfür an Fasnet a Miischtbeasa am Feischter gschtecket.

Oimol aber, des vergeß er sei Lebtag nemme, do häbet se gschuftet de ganz Nacht wia zwoi Bronnaputzer, ond des sei so komma: Dr Schmiedbauer häb vor dr Miischte an vollgladana Miischtwaga schtanda ght, ond er ond dr Frieder seie grad onderweags gwea, zom Gucka, was ma aschtella könn, do häb dr Frieder zmol glachet ond gsait:

»Moischt, wia dr Schmied gucka dät, wenn sei Miischtwaga morga früha schtatt uf dr Schtroß, uf em Dach schtanda dät!«

»Bischt verrückt, wia soll der naufkomma?«, hao i druf gmoint.

»Ha, haoch isch des Dach grad et«, hot dr Frieder weiter senniert, »ma müaßt halt älles usanander macha.«

»Ond dr Miischt, du Dubbel?«

»Dean müaßt ma halt en de Körb nauftraga«, hot r gmoint.

»Ond wer wär so blöd des zom doa, ha?«, hao e entrüschtet gfrogt.

»Wenns oine däte, no höchschtens mir, de andre trauet sich doch et.«

Do hot r scho recht ght dr Frieder, außer os häts koiner gmacht, weil koine so domm gwea wäret. Ond i Dackel hao zuagschtemmt. So hänt mr halt agfanga da Miischt alada, no da Waga usanander macha ond älles oinzeln ufs Dach naufgschonda. Moi, scho noch de erschte Toil isch os dr Schwoiß no so ragloffa ond mr hättes am liabschta wieder bleiba lao, so hot des gschlaucht. Aber zuagea hots wölla koiner. Mr send zwar boide s Schaffa gwöhnt gwea, doch so wia mr en seller Nacht gschaffet hänt, hand mr no nia gschaffet ghet ond werets ao nia wieder doa. Wo mr am Schluß uf dean aufgladana Waga uf em Dach droba no d Miischtgabel wia en Fahna neigschteckt hänt, do han mr os kaum mei freua könna, so fix ond fertig send mr gwea. S hot scho daget, wo mr kromm ond bucklig hoimgschlicha send. Dr Schmiedbauer, wo r am Morga hot seine Gäul eischpanna wölla, häb da Waga zerscht überhaupt et gfonda ond sei zom Nochber nomm zom froga. Der aber häb glachet ond gsait:

»Do guck nomm uf dei Haus, wenn dein Waga suachscht, do schtoht r uf deim Schuiradach!« Da Schmiedbauer häb do doch schier dr Schlag troffa ond r häb gfluchet:

»Ja Hemmelkrutzitürken Kreuzstuagert Sapprament!, welle Fetza, welle elendige, hänt des botzget! Dia Lompa, wenn e von deane oin verwisch, deane schlag e s Kreuz a!«

»Verwischt hot r os aber nia, denn verrota hot bei os koiner nex.« Hot dr Jakob gmoint ond zom Abschluß seiner Erzählong en kräftiga Schluck us seim Moschtglas gnomma.

Ja, wenn dr Jakob verzählt hot, isch nia langweilig gwea. Wenn r aber uf d Mägd ond de jonge Bäuerenna zom schwätza komma isch, no hot sei Weib glei bremst ond hot gsait:

»Jakob tua schtät, d Ofatürla send no offa«, was so viel ghoißa hot wia, d Kender send no do ond sottets et haira. Druf na isch dui jonga War schnell ens Bett gschickt wora. Mit dr Zeit hänt des dia Krabba aber verlikerlet ond hänt sich helenga en dr Küche neabadra verschteckt ond mitghört. Mit Schauer wohliger Entrüschtong hot do s Kätherle ihre Aohra wohl aufgschperrt, daß ra ja koi Wörtle nauskomma isch von selle amoröse Abenteuer, von deane se aber s Meischte et begriffa hot. Oimol aber, wo dr Jakob verzählt hot, daß se a Mädle, des ehne an Tanz verweigret häb, do drmit gschtrofet hätte, daß se ra uf em Hoimweag aufglauret, se packt ond nackig auszoga ond no über ond über mit Backschtoikäs eigschmiert häbe ond no wieder laufa lao hättet, do hots em Kätherle richtig grauset.

Von der Zeit a isch ra dr Jakob oheimlich gwea ond se hot es geflissentlich vermieda, irgendwo em Schtall oder em Feld mit ehm aloi zu sei.

Dr Marco ond dui Henn

Dr Marco, Kirchhofbauers Hofhond, isch a halbhoha, schwarza Promenadamischong gwea, a Kettahond, wia viele andre ao. S Kätherle hot des ao für richtig ghalta, denn Gäul ond Küha send ja ao abonda gwea. Wenn sui da Hond ebbes öfter losbonda hot, no isch des et bloß us Mitleid gscheha, sondern mei desweaga, weil r so liab hot bettla könna, ond weil sui selber ao gera mit ehm gschpielt hot. Isch r no los gwea, dr Hond, no hot r vor lauter Freud et gwißt, was r doa soll ond hot ao dia Leut abellt, dia uf da Friedhof ganga send. Des hot natürlich glei Ärger geba ond s Mädle hot en Rüffel kriagt. Doch a baiser Hond isch dr Marco et gwea, bissa hot r nemerds. Morgnets, so gega halber sechse, wenn dr Bauer sei Schuirator aufgschlossa hot, no hot ao dr Hond von dr Kette derfa, denn do waret ja kaum no Leut onderweags. Do hot no dr Hond schnurschtracks sei Ronde gmacht durch d Rorgaschtoig, ond s isch nex Freßbares vor em sicher gwea. Er hot älle für ehn erreichbare Feischtersemsa agsuacht ond meischt ao Glück ghet, denn Kühalschränk hot sich dr kleine Ma et leischta könna ond zom Frischhalta hot ma obends d Lebensmittel halt naus uf da Semsa glegt. Do isch wohl fälschlicherweise mancher Nochber ond mancher Mitbewohner als Dieb verdächtigt wora, bloß weil dr Hond dia Sacha gschtohla hot.

Am Sonntigmorga, wenn überall dr abrotene Sonntigsbrota vor de Feischter gschtanda isch, do hot dr Hond sein Feschttag ghet. Do isch henterher mancha Kachel leer dogschtanda oder dr Marco hot glei da Brota samt dr Kachel mitgnomma. So hots beim Baura eigentlich nia an Brotatöpf gfehlt. Isch aber a Beschtohlener komma ond hot sein Topf kennt, no hot d Versicherong da Schada ersetzt. Bloß von sich aus hot dr Bauer et von Haus zu Haus ganga möga ond froga, weam wohl desmol dr Hond da Sonntigsbrota samt dr Kachel gschtohla häb.

Da ganza Tag isch no dr Marco satt ond zfrieda an seiner Kette gleaga ond hot bloß bellt ond bettlat, wenns Kätherle vorbeikomma isch, denn dui hot en meischt a Weile losbonda ond schprenga lao. Se hot en öfters amol von dr Kette gmacht da Marco. So ao an sellem Tag, wo se dui Henn onderm Fuatertrog von de Kälbla hot sitza seha zom Lega. Do muaß s Mädle doch grad dr Teufel bissa hao, denn se hot da Hond los gmacht ond en zur Henn na glocket zom seha, was der mach.

Was der gmacht hot, des isch so schnell ganga, daß s Kätherle kaum so schnell hot gucka könna, so schnell hot der d Henn packt ond hot ra da Kraga abissa ghet. Vor Schreck ond Grausa hot s Mädle om Hilfa gschria. Dr Hond hot ra de henig Henn vor d Füaß glegt, sicher isch en seim Bluat awenga ebbes voma Jagdhond gwea, ond hot em Mädle winselnd d Händ gleckt ond hät gern globt sei wölla für sei Heldatat. Sui aber hot en weggschuckt ond bloß lauter gschria ond gheult. Do isch ao scho d Muater us dr Kuche ond dr Vater vom Sauschtall vire komma, wo r grad en Trog hot ausbessret, ond se hänt ao glei dui Bescherong gseha. Dr Bauer hots heulende Mädle am Arm packt ond se agschria:

»Hosch du dean Hond do rei?«

S Kätherle hot gschluckt ond gnickt.

»No wart no!«

Dr Bauer isch nomm en Roßschtall ond hot a Gäulhalfter gholet ond d Muater isch dogschtanda ond hot om ihra Henn, ihra beschta Legre gjammret. Zerscht hot dr Hond sei Toil kriagt, daß r gjaulet hot. Aber em Kätherle wärs et en Senn komma weg zom laufa. Se hot folgsam gwartet bis dr Vater mit em Halfter zu ehra komma isch.

»I han doch nex doa, dr Hond...« hot se mit vor Angscht aufgrissene Auga gschtammelt.

»So, so dr Hond!« hot dr Bauer verächtlich brommt ond isch no narreter wora:

»Ond wer hot dean Hond losgmacht, ond wer hot dean Hond uf d Henn ghetzt?«

Bei deane Wort isch s Halfter scho längscht em Takt uf Kätherles Hentertoil niederklatscht:

»Der wo hetzt, isch ällaweil schuldiger als der wos duat, des merkscht dr, Menschle domms!«

S Kätherle hot sich s wohl gmerkt, denn schliaßlich isch des domols für sui a schlagkräftigs Argument gwea.

S Hornissanescht

Ao Kirchhofbauers Kender send langsam älter wora, s hot scho jedes a oiges Fahrrad ghet. Natürlich et zom Vergnüaga, noi werle, bloß damit se schneller uf s Feld hänt fahra könna. Des isch em Herbscht vor älle Denga wichtig gwea, weil ma do jeden Tag bis en Zirschtel naus uf d Wies hot müaßa om des ragfallene Obscht aufzleaset.

Des war a Arbet, dui em Kätherle wohl gfalla hot. Drhoim hot ma nämlich emmer bloß de mackige ond agfaulte Äpfel ond Birna essa derfa, weil ma des schöane Obscht verkauft hot. Uf dr Wies aber, do hot sich s Mädle schadlos ghalta ond hot mit Wonne ao amol en da schönschta Apfel ond de saftigscht Birn nei bissa.

Isch a warmer Tag gwea, no hot ma allerdengs schwer aufpassa müaßa weaga de Weschpa, daß oin koina gschtocha hot. Ao Hornissa hots zwischanei ghet ond vor deane send dia Kender bsonders gwarnt wora. S hot nämlich ghoißa, daß dr Mensch scho mit drei Schtich daot sei ond a Gaul mit sieba. So hänt dia Kender om dia Weschpa ond vor ällem om dia Hornissaneschter emmer en graoßa Boga gmacht. Wieder amol em Herbscht isch uf dr ondra Wies en ma Aschtloch vom Olga-Apfelbaum a Hornissanescht gwea ond us sichrer Entfernong hänt s Kätherle ond s Jörgle mit wohligem Grusla deane Riesabrommer zuagucket, wia se em Nescht aus ond eigfloga send.

»Moi, wenn i jetzt deane en Apfel an da Baum na schmeißa dät, do könnscht ebbes erleaba, wia se do erscht rompfurra däte!«, hot plötzlich s Jörgle zom Kätherle gsait. Dui hot altklug gmoint: »Erschtens triffscht du et bis do nom, ond zwoitens wär des doch viel z gfährlich!«

»S käm ufs Probiera a!« hot dr Bua sei Ehr verteidigt ond ao glei en passenda Äpfel en dr Had gwoga. »Wenn da fei doch treffa tätscht, no müaßtet mr aber renna!«

S Mädle hot da Bruader us a ra Mischong von Angscht ond heimlicher Erwartong agucket.

»Des isch klar!«, hot der bloß no gmoint ond ao scho ausgholet zom Wurf, ond r hot troffa, mitta druf uf s Aschtloch.

A halba Sekond send dia boide Kender no wia verschtoinert gschtanda ond hänt glotzt, wia us deam Loch a brauschwarzer Schtrahl von Hornissa rausgschossa isch. No aber send se om ihra Leaba grennt, denn a oheimlichs Bromma isch en dr Luft gwea. Se hänt ja boide koi Ahnong ghet drvo, wia schnell dia Insekta fliaga könnet. Bloß deane weit rahängende Baumäscht, onder deane se durchgrennt send, isch s wahrscheinlich zu verdanka, daß se überhaupt mit em Leaba drvokomma send. Ja s Kätherle hot et amol en Schtich abkriagt, aber s Jörgle hot oina ens Gnick nei gschtocha.

»Mi hot oina gschtocha!«, hot r em Renna gschria ond se send no schneller gwetzt. Erscht oba an dr Hütte hänt se aghalta ond no gmerkt, daß koi Horniss mei en dr Nähe gwea isch.

»Saug dean Schtich aus, saug en aus!«, hot dr verschreckte Bua s Kätherle agschria ond isch vor se naknuilet, et zom bettla, bloß, weil soscht s Mädle et ans Gnick nauf glanget hät.

Mit Todesverachtong hot s Kätherle gsauget ond des Gsaugte glei wieder ausgschpuckt, denn se hänt ja boide a Heidaangscht ghet vor deam Gift. S Jörgle hot sich ao glei verfärbt ond isch ganz blaß wora. Ehm sei schlecht hot r gsait ond no hot r brecha müaßa. Do hot s Kätherle no mei

Angscht kriagt ond hot sich ausgrechnet, wenn a Mensch mit drei Schtich daot sei, no müaß ja s Jörgle jetzt scho a drittel daot sei. Ängschtlich hot se sich omgucket, aber weit ond broit isch koi Mensch uf de Wiesa gwea. Do isch deam Kend s Herzle äwel weiter nagrutscht ond se hot da Bua ängschtlich agucket ond gfroget:

»Jörgle, moischt du könnescht no laufa, wenn de am Fahrrad hebscht?« Er hot bloß gnickt ond ganz graoße Auge ghet vor schlecht sei ond vor Angscht. No hot s Kätherle schnell älles Zeug en d Hütte nei gschtellt ond abgschlossa, hot em Jörgle s Fahrrad end Hand nei druckt ond ihra oiges mit dr andra Had mitgschoba. So send se ganz langsam da Feldweag vire anetrotlet. Wo se endlich an dr Schtroß gwea send, isch em Kätherle scho aweng leichter wora, ond bei de erschte Häuser hot se sichtlich aufgschnaufet. Wenn jetzt s Jörgle omgfalla wär, hät se wenigschtens ebber om Hilf bitta könna. Er isch aber et omgfloga, sondern se send vollends hoimkomma. Do hänt se de Eltra halt verzählt, daß s Jörgle von ra Horniss gschtocha wora sei.

»Send r z näch na ganga?«

Hot dr Vater glei drohend gfroget, doch des hänt boide mit guatem Gwissa abschtreita könna ond noch em Schmeißa hot se ja nemerd gfroget.

S Jörgle hot dr Vater glei uf sei Fahrrad gsetzt, vorna uf d Stang, ond isch mit em zom Dokter gfahra. Der hot em Bua a Gegaschpritz verpaßt ond hot gmoint, so gfährlich sei a Hornissaschtich gar et, wia ma gemeinhin meine.

S Jörgle ond s Kätherle hänt aber trotzdeam seither en Heidareschpekt vor jedem Hornissanescht ghet ond send ganz ohne Mahnong nia mei z näch na ganga.

Sommerschpaß ond Wenterfreuda

Daß dia Kender trotz dr viela Arbet, dia se doa hänt müaßa, doch no Zeit zu Schpaß ond Schpiel gfonda hänt, isch fascht scho a Wonder, ond doch isch so gwea.

Fanga mr a mit dr Moikäferzeit. Do hot ma scho gucket, daß ma a Schuhaschachtel oder no besser a Zigarrakischtle auftrieba hot. Für Kirchhofbauers Kender isch des ganz oifach gwea, denn Vaters Schweschtra hänt ja boide a Wirtschaft ghet. Do hänt se bloß zu ihrer Tante na ganga braucha ond froga ond hänt no ao meischt oi oder zwoi Schachtla kriagt. En da Deckel hänt se a paar Löcher nei gmacht ond no isch losganga uf Fang. Moiakäfer hot s zu der Zeit no massahaft geba, aber s isch uf dia feine Onderschied akomma. De braune, dia ma Schuschter ghoißa hot, send am häufigschta gwea, seltener scho de schwarze, dia ma Kamefeger ghoißa hot ond am seltenschta, ond dodrmit ao am wertvollschta, dr Müller oder dr weiße König. En dr Schual isch eifrig tauscht ond ghandlet wora. Ma hot ao guat Männla ond Weibla onterscheida könna ond paart hänt sich dia Käfer ao ganz oscheniert vor deane neugierige Kenderauga.

Us Holzschtäbla ond Droht hänt s Jörgle ond s Kätherle kloine Gschtell bauet ond do dra dia Käfer krabbla lao, des isch ihra Moiakäferzirkus gwea ond hot en viel Schpaß gmacht.

Em Sommer hots no a anders »Wild« zom Jaga geba, des send dia zirpende graoße Heuschrecka gwea, mit deane ma schöane Wetthüpfereia hot veraschtalta könna. Ond nachts, wenns donkel gwea isch, no hots em Hof, am Gartazau ond an dr Kirchhofmauer plötzlich viele kloine Lichtla ghet. Dia Glühwürmla mit ihrem phosphoreszierenda Liacht send fürs Kätherle emmer ebbes Wonderbars, Geheimnisvolls gwea.

Schpäter no em Herbscht, wenn dia braunkullerige Kaschtanaka fascht bis vors Schuirator gruglet send, weil em Friedhof neberm Hof viele Kastaniabäum gschtanda send, no isch dr Schpaß erscht recht losganga. Do hot ma us de Kaschtania luschtige Tierla gmacht oder Tabakspfeifla, ao riesige Halsketta. S Material isch et so glei ausganga, denn glei vor dem Hof isch a riesiger Kaschtanakabaum gschtanda, da ganza Weag zur Schtroß nonter ond em Friedhof drenn waret ganze Alleea mit lauter Kaschtaniabäum. Wia no oimol em Herbscht a Sammelaktio für Kaschtanaka ausgschrieba gwea isch, send s Jörgle ond s Kätherle natürlich glei Fuier ond Flamme gwea. De graoß Schweschter hot sich do rausghalta. Dia zwoi Kloine aber hänt gsammlet wia de

Wilde. Scho en äller Herrgottsfrüha send dia zwoi Krotta über s Kirchhoftoar gschtiega ond hänt d Kaschtania aufgleasa, solang de andre Kender no selig gschlofa hänt. Bis no ebbes schpäter dui Konkurrenz agrennt komma isch, war s Beschte scho weggsammlet. So isch koi Wonder gwea, daß am End a vollgladener Hurdawaga mit de Gäul hot zom Sammelplatz gführt wera müaßa, voll mit lauter gfüllte Kaschtanakasäck. S Jörgle isch gfahra. Vor em Saal von dr Wilhelmhöhe, wo ma dia Kaschtania hot nabrenga müaßa, hot r seine Gäul aghalta ond isch nei zu deane Männer ond hot gfrogt:

»Wo soll i dia Kaschtanaka nabrenga?«

Oiner von de Männer hot bloß kurz aufgucket von seim Wiega ond hot gsait:

»Fahr no rei mit deim Wägele do an d Wog her, Kloiner, do wird gwoga ond auszahlt.«

S Jörgle isch schtanda blieba ond hot sich aweng an de Ohra kratzt, denn send em Bedenka komma weaga deam schöana Parkettboda. Uf so oin hättet se drhoim et amol mit de gnaglete Schuha nei derfa.

Dr Ma an dr Wog hot nomel her guckt:

»Ja breng halt dei Wägele!«

Do isch s Jörgle naus, zom sei Fuhr hola, denn folga isch r gwöhnt gwea.

S hot ganz schöa laut trapplet, wo dia Gäul ufs Parkett komma send, ond do isch ao glei seller Sammelleiter agsaußt komma ond hot gschria:

»Ja bischt denn du verrückt, mit de Gäul en Saal nei z fahret!« Er hot romgfuchtlet ond graußig dao. S Jörgle aber hot sich verteidigt ond hot gsait, er selber häbs ehn doch ghoißa.

»Ja han i denn ahna könna, daß so a Dergel, so a halbleabiger, glei mit de Bierbrauersgäul ond ma Bruckawaga Kaschtanaka akommt?«

No isch dr Ma wia a Verrückter vor de Gäul romtanzt ond hot gschria:

»Zrück, zrück!«. Dia Gäul hänt aber bloß d Köpf gschtellt ond saudomm glotzt ond hänt koin Rucker gmacht.

Wia r no a Weile romghopft gwea isch, hot r ganz resigniert gmoint:

»Ja, wia kriaget mr dia bloß wieder naus?«

Do isch s Jörgle na zu seine Gäul, hot se an de Zügel gnomma ond gsait:

»Hüfe Buaba, hejo, hüfe!« Bei deam vertrauta Ton hänt sich dia Braune glei mächtig ens Gschirr glegt ond hänt da Waga wieder rückwärts nausdruckt us em Saal.

»Ond jetzt wo na drmit?« hot dr Bua gfroget.

»Scho nei en Saal, aber et mit em Waga«, hot der Sammelloiter schnell gsait, i breng en Sackkarra.«

S Kätherle hot no dia Säck oinzeln vom Waga rondergruglet, s Jörgle hot se abgnomma ond der Ma hot se mit em Sackkarra neigführt ond gwoga. 10 Reichsmark ond 60 Pfennig isch en auszahlt wora ond des isch für sella Zeit a Haufa Geld gwea. Des erschte selbstverdenete Geld, denn fürs Schaffa uf em Hof hänt se ja koi Geld kriagt.

Daß ma dia 10 Mark et agreifa däa, des war

boide sofort klar. Dia send je zur Hälfte uf s Sparbuach eizahlt wora. Dia 60 Pfennig aber hänt wölla vernönftig ausgeba sei. Noch langem hin und her isch ma sich einig wora: Für 20 Pfennig Schwarza Wurscht ond für 40 Pfennig Würfelzucker. Dui Schwarza Wurscht isch beim Hoimkomma mit dr übriga Familie zemma gveschpret wora, da Zucker aber hänt dia zwoi so eitoilt, daß über viele Wocha weg se emmer wieder a Bröckele zom Schlecka ghet hänt.

Dr Herbscht hot außer de Kaschtanaka ao no seine Herbschtschtürm brocht, ond dodrmit ao s Drachafiaber. Wo dr Virus herkomma isch, hot koiner gwißt, aber agschteckt send fascht älle wora, vor ällem d Buaba. Ao s Jörgle isch nia verschont blieba drvo ond von deam hot s s Kätherle ao glei ghet. Bloß s Klärle, de graoß Schweschter isch anscheinend immun gwea gega dean Virus. Dia zwoi »Kloine« aber hänt bäschtlet ond bäschtlet. Allerdengs mit wenig Erfolg. Ihra Material isch meischt viel zu klobig und derb gwea, so daß deane selbstgebaute Drache schtatt ma stolza Höhaflug des Öftera bloß a verheißongsvoller Schtart ond glei druf a scheppernder Abschturz bschieda gwea isch. Aber probiert hänt ses doch en jedem Herbscht uf s Nuie.

De schönscht Zeit isch für s Kätherle aber doch dr Wenter gwea, denn do hot s et soviel Arbet geba uf em Hof ond dia Kender hänt meh schpiela könna. Sui ond s Jörgle hänt sich us alte Faßdauba ond ausdente Lederrema von de Gäulsgschirr Schie zemmabäschtlet ond send dodrmit da Buckel hentrem Haus nagrutscht. Manchmol hänt se dodrzua ao de alt Haferwann us em Gäulschtall gnomma, dui hot sich beim Rutscha ao no em Krois rom drehet.

Wo se aweng älter gwea send, isch ma ao obnets nom an da Lauxabuckel, dean Nama hot r von dr dortiga Mühle ghet, ond isch mit de Graoße schlittagfahra. Do isch vielleicht na ganga, daß no so gschtoba hot! Gloitet hot oiner dia Schlitta vorna mit de Schlittschuha oder henta mit ra langa Schtang. Dui hot r hin ond her druckt, damit dr Schlitta en de recht Richtong ganga isch. Des war a »Hop, hop« Geschroi uf deane Schlitta ond a Gekreische von de Mädla. Denn onda am Berg isch über da Weag a Wasserrenne ganga ond do hots dia Schlitta hochgschleudret, daß se oft oi oder zwoi Meter durch d Luft gfloga send. Dia Mädla hänt sich vor Angscht ganz fescht an de Buaba ghebt ond des hot deane Kerle natürlich gfalla. Do send se no mit Fleiß emmer über da gröschta Huppel nom. S isch no scho ao dui Zeit gwea, wo sich Buaba ond Mädla nemme ganz gleichgültig gwea send. Drom hänt ao oinige Wonderfitzige emmer aufpaßt, wer mit wem uf em Schlitta fährt. Domm send aber ao domols de Jonge scho et gwea. Se hänt oifach oba am Berg ihre Mäntel ond Mütza emmer wieder gwechslet ond Gsichter hot ma bei deam Tempo ond deam Schnaischtaub sowiaso et gseha. Do hänt no dia Tratschweiber rota känna, wia se hänt wölla, gwißt hänt se erscht nex. Gwiß.

Dr Ofall

Manchmol ganget dia Tag so vorbei wia a ruhiger Schtrom, ond ma möcht fascht denka, s müaß äwel so sei. Plötzlich aber got s a, ond oi Ereignis jagt des andere, daß ma jammret:

»Ja muaß denn wieder älles zemma komma?«

So isch ao en sellem Johr gwea, em Januar. S hot ganz harmlos agfanga mit em Klärle, Kirchhofbauers Älteschte, dui hot Grippe kriagt. Glei druf hot s da Bauer verwischt ond d Bäure no am ärgschta, do isch glei an ra Longaentzündong ra ganga. S Kätherle hot sich natürlich ao drzuaglegt ond s Jörgle isch als oiziger no uf em Poschta gwea. Er ond Taglöhnere hänt s Vieh versorget ond schpäter hot s Klärle ao scho wieder aufschtanda könna. S ischt halt uf ma Baurahof et so wia en ma andra Gschäft, wo ma oifach a Schild na macht: »Wegen Krankheit geschlossen!«

Ab ond zua hot wohl ao dr Nochber zu de Gäul neigucket ond se mitgnomma zom Bewega. A Gaul derf nämlich et länger als en Tag em Schtall schtanda, weil er da Zuckerabbau bloß en Bewegong bewältiga ka. Hot r dui Bewegong et, no goht dr Zucker en d Muskla ond s kommt zu dr gefürchteta Pferdeschtarre.

Weil aber dr Nochber ao seine oigane Gäul hot bewega müaße, hot r gmoint, a Wägele Miischt könnt doch ao s Jörgle en Zirschtel naus führa. Dr Nochber hot em dia Gäul eigschirret ond s Jörgle hot en Waga Miischt aufglada, ond mit viele guate Ermahnonga vom Bauer isch dr Bua losgfahra. S hot Schnai ghet, aber d Schtroßa waret en dr Schtadt scho wieder frei, allerdengs hot s en dr Nacht aweng azoga ghet, des hoißt, do wo s naß gwea isch, wars eisig. Aber s Jörgle isch ja et da erschta Tag mit de Gäul gfahra. Er isch vorsichtig gwea, so vorsichtig wia ma no sei ka. Grad noch dr Wilhelmshöhe, ei dr Saubuckel komma isch, war dui Eifahrt zu de Felder total vereist. S Jörgle isch dorom mit seim Waga ganz uf de lenk Seite rom gfahra, damit r ja et narutscha könn, ond so hät eigentlich nex passiera könna, wenn en deam Moment et a Auto en ma Affazah drherkomma wär. Dr Fahrer hot wohl no bremset, isch aber uf deam Eis direkt uf da Miischtwaga zuagrutscht. Dr Bua, der neber em Waga hergloffa isch, so wia s ehm dr Vater ghoißa hot, isch zwischem Auto ond em Waga eigwetscht wora ond hot außer oinige kloinere Wonda an komplizierta offana Oberschenkelbruch erlitta. Dr erschrockane Autofahrer hot sich et zom helfa gwißt, denn Ofäll waret no a Seltaheit. Dr Bua aber hot gheult:

»Brenget me hoim, brenget me hoim!«

Dr Ma hot dean Buaba ens Auto packt ond isch zom Hof gfahra, ond do hot ma des Kend en Kätherles Bett neiglegt ond schnell em Hausarzt telefoniert. Dr Bua hot mit der Transportiererei natürlich osägliche Schmerza aushalta müaßa, ond de übrige Kranke send romgleaga ond romghocket wia verscheuchte Henna.

»Ja muaß denn ao älles zemmakomma«, hot

Bäure gjammret ond gheulet: »Mei armer Bua, mei armer Bua!«

Endlich isch dr Dokter komma. Der hot wieder amol d Händ überm Kopf zemmagschlaga über deam Overschtand, daß ma do et glei en Krankawaga bschtellt häb. Wo r dui ganza halbleabiga Krankaschar agucket hot, isch r aber plötzlich ganz freundlich wora ond hot selber da Krankawaga bschtellt ond isch ao doblieba bis dr Bua eiglada gwea isch.

D Bäure hot no äwel gjammret:

»Mei Bua, mei Bua!« Em Bauer drgega isch dui Sorg om seine Gäul graißer gwea:

»Ja was wird jetzt us osre Gäul, dia ka ma doch et do drussa schtanda lao?«

S Klärle, dui scho wieder aweng uf de Füaß gwea isch, se hot am wenigschta Fiaber ghet, hot ma zom Nochber nom gschickt, daß se ehm des Oglück verzähl on ehn frog, ob er et dia Gäul hoimhola tät. Als guater Nochber hot des der Ma ao gmacht. Er hot als Entgelt da Miischt glei uf seim oigana Acker aglada.

»D Hauptsach, dia Gäul send wieder em Schtall!«, hot r zom Nochber na gmoint, wo der sich aweng entschuldigt hot mit dr Ausred, er häb sich ao et trauet bei deam Glatteis weiter zom fahra.

No isch dr Ma wieder ganga ond dia Patienta hänt sich wieder aloi weitergholfa. Kätherles Bett war ganz verbluatet ond ma hot s aziaga müaßa. Dia Flecka en dr Zuadecke ond uf dr Matratz hot ma natürlich et raus kriagt, aber ondrem nuia Überzug ond ondrem frischa Leituach hot ma se nemme gseha. Doch em Kätherle hot s grauset, wia se wieder en des Bett hät neiliega solla. Se hot sich aber et trauet ebbes zom saga, weil doch d Muater scho Jaumer gnuag ghet hot.

Menschabluat isch halt doch a ganz a bsondrer Saft. So isch halt s Kätherle ganz vorsichtig auf d Kante vom Bett nagleaga ond hot deane überzogane Flecka da Buckel nagschtreckt. Dodrbei hot se dauernd des Gfühl ghet, als riesle ihr selber des Bluat jetzt da Rücka rauf ond ronter. Se hot sich so grauet, wia ma sich bloß als Kend graua ka ond hot en seller Nacht kaum gschlofa. Am andra Tag hot se onder ma Vorwand dia Matratza omdrehat, so daß dia Flecka onda na komma send, ond ao ihra Zuadecke hot se verkehrtrom druf glegt, aber s hot älles nex gholfa, des Oheimliche isch blieba. Für sui isch des des Grauavollschte gwea, was ra hot passiera könna, denn ihra Bett isch ihra Neschtle, ihra Zuaflucht, ihra älles gwea. Do hot se sich neikuschla könna ond sich sicher fühla vor dr ganza Welt. Daß ihra des jetzt vergraulet gwea isch, des hot ra an richtiggehend körperlicha Schmerz bereitet. So domm ond töricht des ao klenga mag, von sellem Tag a hot se ihr Urvertraua verlora, isch ra a erschts Schtück Kendheit gnomma wora.

S Floß

Wo no s Jörgle wieder vom Krankahaus hoimkomma isch, hot em s Kätherle aweng da Handlanger gmacht. Dr Bua hot oft arge Schmerza ghet ond dui Hoilong hot halt gar et richtig eitreta wölla. Dr Muater isch wohl recht gwea, wenn sich s Mädle om da Buaba kömmret hot ond en emmer wieder mit Schpiel ond Onterhaltong von seine Schmerza abglenkt hot. Do isch em Kätherle viel Arbet erlassa wora, damit se mit em Jörgle hot onda an d Schtroß na sitza könna. Do send no dia boide uf em Holzschtappel ghockt ond hänt dia Fuhrwerker ond Auto zählt, dia onda uf dr Schtoig vorbeigfahra send. Bei Reaga hänt se Karta gschpielt oder Mensch ärgre dich nicht. Wia s aber halt gar et besser wora isch, hot dr Bauer gsait:

»Jetzt ka es nemme seha, wia der Bua sich ploget. Do schtemmt doch ebbes et. Dr Dokter sait, der Bua müaß laufa, ond er ka s doch et. Jetzt gang e zom Mendler!«

Dr Mendler en Ulm, des isch a Knochaschpezialischt gwea, a Original voma Dokter, urwüchsig ond derb, wia d Alb selber, aber mit ra gsegneta Hand ond ma Herz us Gold. Der hot glei rausgfonda, daß deam Bua no a Knochaschplitter em Floisch gsessa isch, der deam Kend bei jedem Schritt osägliche Schmerza gmacht hot. Dean Schplitter hot ma rausoperiert ond von Schtond a hot ma a Besserong gmerkt. Bald hot s Jörgle seine Krücka weglega könna ond isch bloß no an zwoi Schtöck gloffa. Ao d Schmerza waret wia wegblosa ond do isch natürlich der lang zrückdrängte Tatadurscht vom Buaba wieder en Aktio treta. Durch irgend so a Abenteuerbuach agregt, hot r a Floß baua wölla. Material ond Werkzeug hot em s Kätherle zuatraga müaßa, ond säga ond nagla hot r ao em Sitza könna. S isch so a richtigs Holzfällerfloß wora, graoß ond schtabil. Wo s fertig gwea isch, hot ma s natürlich ao ausprobiera wölla ond dodrzua hänt se des Floß erscht a Schtück s Rohrachtal nauf transportiera müaßa. Des isch vielleicht a Heidaarbet gwea, bis se des Floß uf em Handwägele druf ghet hänt ond no erscht s Tal naus. S Kätherle hot vorna zoga am Wägele, ond s Jörgle hot mit em Schtock henta nochgschoba, soweit r hot langa könna. Weil r aber zom Laufa boide Schtöck braucht hot, isch r jeweils noch em Schiaba wieder des Schtückle nochghoplet. Älle boide en Schwoiß gebadet, send se endlich weit drussa en dr Tierhalde akomma. Wäret se et von Afang a des schwere Schaffa gwöhnt gwea, hättet se des schwere Floß überhaupt et nei kriagt ens Wasser. Als Fuhrmaskender hänt se sich aber scho z helfet gwißt: Se send oifach mit em Wägele ganz no ans Ufer nagfahra, hänt des Floß mit ma Schtrick am ma Baum feschtbonda ond s Wägele aglupft, daß s Floß ganz von selber ens Wasser neigrutscht isch. An dera Schtell isch s Wasser grad niedrig gwea ond s Ufer flach, so hot des Floß uf dr oina Seite Grondberührong ghet. Drenn wärs also gwea. Jetzt wär em Kätherle ihr graoßer Auftritt komma. S Jörgle hot ja mit seim Gipsboi et ens Wasser derfa, ond so hot s Mädle dui Jongfrafahrt mit deam nuia Floß macha müaßa. Se hot drhoim scho da Badazug onder d Kloider na azoga ond nochdeam se sich auszoga ghet hot, isch se uf älle Viera uf s Floß krocha. Doch wia do des Floß awenga gschauklet hot, war se schneller wieder honta wia druf ond hot vor Angscht gschria: »Noi, noi, i duas etta!«

Do hot ra s Jörgle guat zuagredet ond gsait, daß suis doch verschprocha häb, ond daß ma doch des Floß et do liega lao könn, ond nauf uf da Waga breng ma s doch ao nemme. Wo se no äwel no et wölla hot, do hot r se agschria ond en dicka Ascht gholet. Jetzt hot s s Mädle mit dr Angscht z dont kriagt ond hot denkt, er wöll se schlaga ond isch schnell wieder nauf uf s Floß. Er hot ra aber bloß dean Ascht gholet ghet zom Schtochra. No hot dr Bua s Floß losbonda, hot em mit em Schtock en Schtoß geba ond en d Schtrömong naus gschuckt. D Rohrach isch aber scho von ihrem Urschprong her a graoßer, schnell fliaßender Bach, ond viel heftiger als se denkt hänt, hot des Wasser s Floß packt, oimol em Krois rom drehet ond no mit sich gnomma. Am meischta isch s Jörgle verschrocka, denn so schnell r ao ghomplet ond gschtocket hot, er isch deam Floß am Uferweag entlang et noch komma. Enzwischa isch s Kätherle uf ihrer schwimmenda Insel aber en ruhigers Gewässer komma. Do hot sich s Mädle vorsichtig aufgrichtet, ond isch am End sogar uf ihren Schtock gschtützt nagschtanda. Jetzt isch se sich vorkomma wia seller kühne Bua en Jörgles Buach, der ganz aloi a Weltrois gmacht hot. Ganz broitboinig hot se sich nagschtellt ond isch sich vorkomma wia dr König von China, so erhaba ond frei. Ja werle, so hät se ewig weiterfloßa möga. Se hot dia Büsch ond Bäum am Ufer vorbeigloita seha, hot ao an Hemmel nauf guckt ond s isch so schöa ond schtill gwea, daß se sich scho selber vorkomma isch wia em Hemmel. Erhaba ond übermüatig hot se no onder sich guckt uf s Wasser, wia uf ihre Ondergebane ond ao ens Wasser nei, ond no isch se en d Seel nei verschrocka, denn s Wasser isch an seller Schtell recht tiaf gwea. Do isch se mit oim Schlag us ihrem hochfahrenda Traum grissa wora, denn s isch ra eigfalla, daß sui ja gar et schwemma könn, ond ao des, daß a Floß ja koi Brems häb.

»Wia komm i bloß do wieder ra?«, hot se gschtöhnt, ond glei druf isch ra ao dr Wasserfall ond dia Mühla en Senn komma. Scho hot se en Gedanka gschpürt, wia ra dia Mühlräder jeden Knocha oinzeln adrucket, ond se isch us ihrem hochtrabenda Hemmel glei napurzlet bis en a todesängschtiga Höll. Vor Angscht hot se nex me gseha rondom ond hot agfanga om Hilfe zschreiet, hot aber em selba Moment gwißt, daß des sinnlos isch, denn weit ond broit war ja nemerds ond s Jörgle isch ja ao weit weg gwea. S Verhängnis, oder besser gsait d Rettong isch aber näher gwea, wia se denkt hot. Plötzlich hot s nämlich an Ruck geba, s Kätherle isch kopfüber ens Wasser plumpst, hot pfludret ond zapplet ond uf oimol Boda onder de Füäß ghet ond isch ans Ufer krabblet. S Floß isch am alta Wehr, mit deam ma früher d Wiesa bewässret hot, hanga blieba, ond an des Wehr hänt dia zwoi en ihrem Eifer natürlich nemme denkt ghet.

Schnaufend ond noch Luft schnappend isch s Jörgle aghomplet komma:

»Was isch, was hoscht, was isch dr passiert?« hot dr Bua kreidebloich gschtottret, ond r hot dui nasse Krott von oba bis onda ataschtet, ob ao nex brocha sei. S isch aber no älles hoil gwea ond vor lauter Schreck hot s Mädle sogar s Heula vergessa, bloß gschnattred hot se ond gfrora. D Rohrach hot an deam Wehr viel Schtoi ond Geröll agschwemmt ghet ond so isch des Ufer am Bachrand et so tiaf gwea. Mit guatem Zuareda hot sich s Kätherle nomol neitraut ens Wasser ond hot ihre Kloider ond Schuha vom Floß ra gholet. Oi Schtrompf hot zwar gfehlt ond ganz trocka send dia Kloider ao et blieba gwea, aber se hot sich doch aziaga könna. Wia aber s Jörgle gmoint hot, se soll ao no s Floß raus hola, do hot se sich gwaigret ond gsait:

»En des Wasser brengscht me nemme nei!«

A Weile hot r zwar no mit ra gschempft, se hot s aber oifach et doa. Do send se no mit ihrem Wägele hoimtrottet, ohne a Wort zom schwätza. Wia se aber en d Nähe vom Hof komma send, hot s Jörgle plötzlich ganz liab agfanga zom schwätza, hot ra, weil se nochher doch gheult ghet hot, ihra verschmierts Gsichtle mit seim dreckiga Sackduach aputzet ond hot se globt:

»Du, Kätherle, du hosch de fei tapfer ghalta, des hät dir et amol a Bua nochgmacht. S Floß holet mr halt a anders Mol.«

So hot r se globt ond neababei erwähnt, daß ma über dui Sach natürlich drhoim nex verzähla däa, des sei jetzt ihra Geheimnis, des müaß sui ehm verschprecha.

Nochdeam se des verschprocha ghet hot, send se mit ihrem Wägele eiträchtig vollends zom Hof zrückgfahra.

A Katzaschicksal

A Baurahof ohne Katza isch kaum denkbar, scho weaga deane viele Mäus. Daß es ao bei Kirchhofbauers etliche Katza geba hot, des isch em Kätherle sei gröschta Freud gwea. Wia süaß ond putzig send doch no dia Jonge. Mit em nochgmachta Maunz- ond Lockruaf von dr alta Kätze, hot s Mädle dia jonge Kätzla us ihrem Verschteck glocket ond sich an deane ihrem tollpatschiga Gekrabbel gfreut. Waret se no größer, no hätt se am liabschta da ganza Tag mit en gschpielt. Jonge Katza hot s fascht s ganze Johr geba, doch trotz deam rega Nochschub hänt dia Tierla nia überhand gnomma, denn durch Ofäll ond Katzasucht hot sich dr Beschtand emmer wieder reduziert. D Sucht hot vor ällem dia kleine Kätzla glei noch em Absäuga gnomma. Oinige send ao von de Küha oder Gäul vertrappet wora oder zemmagleaga ond etliche send onder dia eisebeschlagene Wagaräder komma, wenn ma dia Wäga mit Schwong en d Scheuer gschoba hot, ond wieder andre send uf dr Schtroß oder uf de Glois von dr Eisebah liega blieba. Do hot s Kätherle scho arg bald dui Endgültigkeit ond Grausamkeit vom Taod erfahra müaßa ond hot manches heimliche Tränle gweint om ihre Liableng. Oimol aber isch ra a Katzaschicksal ganz bsonders nochganga. Isch a sauber zoichnets dreifärbigs Kätzle gwea, jong ond verschpielt, putzig ond übermüatig, ond dia zwoi hänt viel Schpaß ananander ghet.

Oimol, obends beim Melka, hot sich des Tierle om d Bäure romgschlicha, weil dui ab ond zua, wenn se grad guat aufglegt gwea isch, deane Kätzle äls a paar Schpritzer Milch uf s Mäule gschpritzt hot. Moi, des hänt sich dia schnell gmerkt ond hänt et no gschlecket. Ond do drbei hot s des Kätzle erwischt, d Kuha hot se trappet ond se isch wia tot dogleaga. Ganz vorsichtig hot s s Kätherle en s Schtroh bettet on hot ra a frische kuhawarme Milch nagschtellt.

Doch manchmol send Katza zäh. Am andra Morga isch s Mitzale scho wieder romgschpronga. Zwoi Tag schpäter isch aber des wonderfitzige Tierle en dr Schuir vom volla Graswaga überfahra wora. S hot bluatet ond ma hot nemme glaubt, daß es dervokomm. Dr Bauer hot se scho wölla vollends taot schlaga, damit se et leida müaß, aber s Kätherle hot sich drzwischagschtellt ond noch etlich Tag isch des Tierle wirklich wieder monter gwea wia drvor. Jetzt wird se wohl gwitzget sei, hot s Mädle denkt, ond nemme so näh zu de Küha ond zu de Wäga na ganga, ond des hot ao gschtemmt. Doch d Gfahr isch von ra ganz andra Seite komma als des Kätzle hot ahna könna. Zwoi Wocha schpäter nämlich, wia s Klärle grad en Schtall nonder will, hot se plötzlich aufgschria ond sich grad no an dr Bretterwand an dr Seite heba könna, sonscht wär se d Schtiaga voll nahghaglet.

»Was isch?« hot s Kätherle ganz verschrocka gfroget ond ihra Miischtgabel ens Eck gschtellt, mit der se grad ausgmischtet hot.

»Do dui domme Katz isch mr en d Füaß nei gloffa, daß e jetzt glei nagwettret wär!«, hot s Klärle gantwortet ond glachet drbei. S Kätherle hot guckt, welcha des gwea sei könnt, ond do isch se gleaga, ihra Liableng, ihra Dreifarbiga ond hot koin Muckser mei gmacht. Se hot se ganz vorsichtig aufgnomma ond en d Fuaterrauf von de Rendla nei bettet, weil ma ja grad koi Rendle ghet hot. Se hot ra a Milch na gschtellt, obwohl se scho gwißt hot, daß des omsonscht gwea isch. Ma kriagt en Blick drfür uf em Land, wo s Geborawera ond s Schterba emmer om oin rom isch. S isch bloß so gwea, daß s Mädle et hot glauba wölla, daß a Kätzle, des scho von dr Kuha vertrappet, vom volla Waga überfahra gwea isch ond überleabt hot, soll jetzt von ma Ked, s Klärle war ja no a Mädle, ztoad treta wora sei.

Aber wia no des Kätzle kalt ond steif wora

isch, hot s Kätherle plötzlich über da Tod nochdenka müaßa, ao übers Schlachta, ond wia der Mensch oft lachend Leaba auslöscht. Do hot ihra hoila Welt en Riß kriagt.

S Kätherle wird älter

Langsam aber stetig isch s Kätherle älter wora. S hot sich en ihr ond om se rom etliches verändert. Ma hot des Johr 1937 gschrieba, ond vom Kuchafeischter aus hot ma dia weiß leuchtende Maura vom nui reschtaurierta Helfaschtoi seha könna. Dr Bauer hot wohl gmoint, des sei ao nausgschmisses Geld, aber em Kätherle hot dui Ruine gfalla. Ehra hot ao des andre Nuie gfalla, zom Beischpiel dui nuia Regierong mit viel Fahna ond Uniform, mit Omzüg ond Feschter. Do send meischt ao Kirchhofbauers Gäul mit drbei gwea, so hot ma wenigschtens ao awenga mit drzuaghairt.

»Gang mr bloß weg mit deane Säbelrassler ond mit ihrem Firlefranz, deane trau i oifach et!«, hot dr Bauer em Mädle sei Begeischterong abbremst, denn s Kätherle wär halt zu gera ao zu de Jongmädel ganga, scho weaga dera Uniform. Se hot bettlet ond gschwärmt, doch dr Vater hot et mit sich handla lao:

»I brauch meine Kender zom Schaffa, romschprenga könnet andre, dia hänt wohl drweil.«

Em Kätherle aber hät des Romschprenga halt

ao besser gfalla als s Schaffa. Se hot en seller Zeit sowiaso en ma sonderbara Zwieschpalt gleabt zwischa Trotz ond Schtolz, zwischa hemmelhoch jauchzend ond zu Taod betrüabt. Se hot ao enzwischa gmerkt, daß sui et dömmer gwea isch als de Andre, ond s verlachete Bauramädle isch se ao nemme gwea, seit dr Führer da Bauraschtand so rausgschtellt hot. Des Wort vom Bluat ond Boda, des isch ra so richtig us em Herza gschprocha gwea ond se isch sich ganz guat vorkomma als a Kend dr Scholle. S isch ra domols ao plötzlich aufganga, daß sia gar et so arm gwea send, wia sui äwel denkt ghet hot, weil sia nia Geld hänt verschlecka derfa, ond weil se emmer zemlich oifach azoga gwea send, ond des isch so komma: S Kenderfescht war von altersher der Nationalfeiertag em Schtädtle. Do hot jeder sei Beschts drzua beigschteuret. D Gärtlesbesitzer hänt ihre Blomaschtöck plündret ond Feschtwägala gschmückt. Wer Goißa ghet hot, hot se vor a Wägele gschpannt. D Bäcker hänt Riesaabretzla backa ond d Metzger Extrawürscht gmacht. Ao Hond ond Has send zom Toil em Feschtzug mitgnomma wora. Beim Kirchhofbauer send s seine Gäul gwea. Dia hot ma gschtrieglet ond d Mähna eigflochta, gschmückt ond gsattlet ond d Kender hänt reita derfa oder müaßa, denn koi reines Vergnüaga war dui Sach et. Dia Füaßla send no z kurz gwea, se hänt sich uf deam Buckel von selle Schaffgäul kaum recht feschthalta könna ond d Kender send meischt hoilfroh gwea, wenn dr Feschtzug endlich rom gwea isch. Se hänt mit

ihre Gäul grad vor em Frühalengsgarta uf da
Baura gwartet, der schnell en d Wirtschaft nei
isch zom Austreta, do isch a Weib zom Kätherle,
dui außa gritta isch, na ond hot se abäffet:

»Brauchscht gar et so schtolz do droba hocka
uf deim Gaul. Anderleuts Kender dätet ao gern
reita, wenn se s Geld drzua hättet, du eigebildeter Aff!«

S Kätherle isch bis en d Seel nei verschrocka,
denn wenn se ao manchmol bockig oder owillig
gwea isch, eibildet war se aber beschtemmt nia,
ganz em Gegatoil, se hot emmer gmoint, älle
andre seiet besser, schöaner ond gebildeter.

»Ja guck no et so blöd, du eigebildeter Fratz!«,
hot des Weib no geifret ond isch no hocherhobenen Hauptes dervograuscht, denn grad isch dr
Bauer wieder zruck komma. S Kätherle hot nex
erwidra könna, s hot se zu arg verwondret, des
mit deam Aff ond deam eigebildeta Fratz, denn
so ebbes hot no nia ebber zu ra gsait ghet. Do hot
se, weil se scho emmer en älle Situationen zerscht
uf sich selber zrückgfalla isch, sich ernschtlich
überlegt, ob des Weib recht häb. Se hot aber nex
gfonda von Eibildong. Wia se no so älle Fakta
durchganga isch von de Schualnota über dia verschiedene Fähigkeita beim Schaffa uf em Hof bis
na zu de Siegernodla bei de Bundesjugendschpiele, wo se sogar als erschta a Buach gwonna
hot. Se hot an dui Rechtschaffaheit von ihre Eltra
denkt, an dia Wiesa ond Felder, an da Hof mit
deam ganza Vieh ond Inventar ond plötzlich isch
do ebbes wach wora, isch aufganga ond gwachsa,

wahrscheinlich hauptsächlich us Trutz weaga deane ogerechte Aschuldigonga, a oguats Pflänzle, nämlich dr Schtolz, a herber trotziger Bauraschtolz. Se hot sich aufgreckt uf ihrem Gaul wia dr Napoleon, ond isch schtolz mit ihre Gschwischter hoim gritta. Jetzt hät des Weib nemme ganz z Ohrecht geifret.

Drhoim hot s Mädle no dui Gschicht verzählt. Do hot sich dr Vater aufgregt ond gsait!

»Dui hot s grad nötig, dui Hur!«

S Kätherle hot domols et gwißt, was a Hur isch, aber nex rechts sicher et, ond des hot se irgendwia befriedigt.

Dreschmaschee

Zu Kätherles Aufwachsa hot zu de schtändige Taglöhnerena ao a alts buckligs Weible ghört. Dui isch so kromm gwea, daß dr Buckel ond des Schtück, wo d Füaß dra gwea send, grad en rechta Winkel bildet hänt. Bloß manchmol, en deane seltane Moment, wo se sich aufgrichtet hot, isch se für a paar Sekonda fascht a normaler Mensch gwea. Des Fraule hot em Kätherle verzählt, daß ma bei ehne, en ihrer Kenderzeit, no älles mit dr Sichel gschnitta häb. S Mädle hot ra des wohl glauba müaßa, denn se hot des no emmer könna ond an de Ackerränder äls a Schtückle vorgmäht. S Kätherle hot aber s Fruchtmäha bloß no mit em

Haberrecha kennt. Dr Haberrecha isch a Sens gwea, an der a Holzgschtell abrocht gwea isch, so daß sich des abgschnittene Korn gleichmäßig an dr Seite aufgschtellt hot. Henterher hot ma des mit dr Sichel aufgsammlet ond en schöane, gleichmäßige Roiha abglegt. Des Aufsammla hänt d Mägd, Taglöhnerena ond Kender gmacht, s Mäha dr Bauer, dr Knecht ond dr Taglöhner. S isch scho a graoßa Erleichterong gwea, wo ma d Frucht mit dr Mähmaschee gmäht hot ond ebbes schpäter mit em Ableger. Beim Ableger hot ma nämlich nemme aufsammla müaßa, des hot älles d Maschee aloi gmacht. Dr letschte Schroi isch dr Garbabender gwea, a Mähmaschee, dui wo des Korn ao no glei eibonda hot. Daß es en Amerika Maschena geba soll, dia mäha, aufsammla ond ao no glei drescha dähe, des hot bei Kirchhofbauers nemerd glaubt.

Ja des Drescha, des hot s Kätherle no selber en älle Entwicklongsphase selber miterleabt. Se hot no gholfa Flegeldrescha, ond sich schwer Müh gea müaßa, damit se en richtiga Takt nei komma isch. Vor ällem da Rogga hot ma ao schpäter no, wo ma de nui Dreschmaschee scho ghet hot, emmer no mit de Flegel droscha, damit des Schtraoh schöa lang blieba isch zom Bändermacha. An selles Bändermacha em warma Kuhaschtall hot s Kätherle emmer gern denkt. Do hot se könna schtondalang bei dr Taglöhnere hocka ond zuagucka, wia des Weib mit schnellem Griff zwoi Händla voll Schtraoh gnomma hot, z rechtgschtroift, zemmaknotet ond no jedes End solang drehet hot, bis sich dia zwoi Schtraohsoil zemmagschlonga hänt. Je 50 Schtück send en a Buschel nei komma, ond zahlt wora isch noch de fertige Buschla. Do hot no s Mädle aweng Schtraoh reitraga, awenga helfa zähla, ond dodrbei viel erfahra vom oifacha Leaba uf dr Alb, von deane Sorga ond Nöt von de Knecht ond Mägd. Se isch henterher emmer wieder ganz froh gwea, daß sui en dr Schtadt leaba hot könna, wo manches doch oifacher gwea isch.

Aber zruck zur Dreschmaschee. Dr Kirchhofbauer, deam des tagelange Flegeldrescha gar et paßt hot, isch schnell uf en Kauf eiganga, wo ehm dui Firma Rieger en Donzdorf a Dreschmaschee abota hot.

Do send für s Kätherle ihre schönschte Jugendtag komma. Sui hot nämlich meischt dia Garba vom Zwiebalka, em zwoita Schuiraobergschoß, ronderschmeißa müaßa. Dodrbei isch ra viel Zeit zom Denka ond Träuma blieba ond ab ond zua hot se ao Zeit ganz vergessa, bis des laute: »Rah, rah!«, von dr Dreschmaschee her s Mädle wieder en d Wirklichkeit zruckgholet hot. Ao für dia Arbeiter von de WMF-Häuser rondom isch dui Aschaffong a Glück gwea. Se hänt nämlich ihra ganz Ähraleasakorn uf Kirchhofbauers Dreschmaschee drescha derfa. Do hot dr Bauer scho extra a Zeit eitoilt am obnets oder ao samstigs, wenn de oige Frucht droscha gwea isch, denn henterher isch d Maschee wia ausgfegt gwea. Dia Ähraleser hänt beim Drescha ja jedes Körnle sauber zemmagfegt.

Oimol aber hät s fascht a ganz graoß Oglück geba ond s Höfle hät verlaora sei könna. S isch scho gega Obed ganga ond ma hot grad no s Kees durchlau, s Kees isch des gwea, was d Maschee uf s erschte mol et verschafft hot ond so als Überlauf onda raus komma isch. So en Korb voll Kees hot s Kätherle grad uf d Maschee ausgleert, do hot d Muater plötzlich ganz entsetzt gschria:
»Hilfe, hilfe, s brennt, s brennt!«
S Mädle isch deam entsetzta Blick von dr Muater gfolgt ond do hot se s ao gsehea, daß seitlich an dr Transmissio ganz owirkliche kloine Flämmla raustanzt send. Für en Moment war s Kend ganz erschtarrt. No aber isch se d Loiter nah wia dr Blitz.
»Schtell a! Schtell a!« hot ra d Muater no nochgschria, ond s Kätherle isch grennt wia om ihra Leaba. Dr elektrische Schalter zom Aschtella war nämlich en dr andra Schuier. Do hot s Mädle da Schalter rom grissa, isch zruck en Roßschtall nei, hot en Oimer Wasser gschnappt, der vom Gäultränka zom Glück no voll do gschtanda isch, ond isch zrückgrennt zur Dreschmaschee. D Muater hot des Wasser schnell über dia Flämmla gschüttet. Do isch ao scho Taglöhnere mit em nächschta Wasseroimer akomma ond so hänt se des Fuier grad no löscha könna. A paar Minuta schpäter wär wahrscheinlich dr ganze Hof abrennt, denn bei soviel Schtraoh und Frucht rengsom ond Heu drzua, do hät koi Löscha meh nex gnützt.

Des Erlebnis, ond ao weil die Bäure gsondheitlich nemme so hot schaffa könna, hot drzua beitraga, daß ma ao bei Kirchhofbauer d Lohndreschmaschee gnomma hot. Des isch a ganz graoßa Dreschmaschee gwea, dia von Hof zu Hof gfahra isch ond de gröschte Ernta en oi zwoi Täg wegdroscha hot.

Do hot sich s Kätherle no des ganze Johr uf dean Dreschtag gfreut, bloß hot se des nemerd saga derfa, denn d Muater hot dean Tag gfürchtet ond scho Wocha vorgjammret:

»Wenn no der Dreschtag scho rom wär!«

An so ma Dreschtag hot ma natürlich viele Helfer braucht, denn älles hot ja schnell ganga müaßa. So send des meischt 12—16 Erwachsene ond no etliche Kender gwea, dia ma hot verköschtiga müaßa.

Des isch wia a halba Hochzeit gwea. Scho dia Tag drvor hot ma vorgschafft, hot dui Schuier ausgräumt ond ao d Schtub. Ma hot Tisch aufgschtellt ond des Silber us de samtbezogene Etuis gnomma ond putzet. Schüssla ond Teller hot ma zrechtgschtellt ond a Nudlabrett voll Schpatza gmacht. An so ma Tag hot sich koi Bäure wölla ebbes nochsaga lao, ond überall isch bloß s beschte Essa uf da Tisch komma. Se hänt ao fescht schaffa müaßa, dia Drescher. Scho en äller Morgafrüha isch des Riesaogetüm uf da Hof gfahra komma. No hot ma erscht a Loitong bis zom Loitongsmascht glegt, weil dui Schtarkschtromleitong em Haus et ausgroicht hot. Dr Drescher, so hot ma dean Ma, der dui Maschee bedient hot, ghoißa, hot seine Kletterhoka azoga ond isch nauf am Mascht ond hot oba a Schtück Kabel agschlossa. Onda hot r nochher a Brettle uf da Boda glegt, a Isolierzang gnomma ond dia boide Kabel verbonda. Dodrbei hot s dean Kerle ganz schöa gnottlet, ond s Kätherle hot denkt, dean däs aber no arg friera, daß r so zittra müaß.

Isch no älles agschlossa gwea, hot s losganga könna, ond no isch da ganza Tag des hongrige Bromma von deam dreschenda Ogeheuer en dr Luft gleaga. Was dui Maschee an Garba en sich neigfressa hot, ond was an Frucht rausgschossa isch en dia aufghängte Säck nei, des isch wia a Wonder gwea. Zwoi Männer hänt da ganza Tag z dont ghet, om dean Sega wegztraget. D'Essapausa send genau noch Zeit ganga wia en ra Fabrik, ond älles hot müaßa scho parat schtanda. Wenn so a Tag verbei gwea isch, hot Bäure aufgschnauft ond gsait:

»Gott sei Dank, daß des wieder rom isch. Des kloine Reschtle us dr Tenna raus, des schaffa mr ao mit onsrer Maschee.«

Dr Wacker Willi ond sei Gockel

»Wenn se graoß gnuag send zom Schaffa, no send se ao graoß gnuag zom Feira!«, so hot dr Kirchhofbauer entscheida, wo sei Weib gfroget hot, ob ma wohl dia Kender scho mitnemma könn en d Wirtschaft zur Weihnachtsfeier vom Schtammtisch. Dr Schtammtisch em Hirsch, des isch a rührigs Völkle gwea mit a paar echt schwäbische Originale ond mit a paar Schpaßvögel von Bayra drbei. Vielleicht muaß ma dodrzua erwähna, daß die WMF vor Johre Glasbläser us em Bayrischa Wald samt ihre Familie noch Geislenga gholet hot, damit ma Fachleut für dui neu gründete Glashütte hot.

Daß dui Hirschwirte am Kirchhofbauer sei Schweschter gwea isch, hot dui Zuagehörigkeit von dr Familie zom Schtammtisch no erhöht. Für dia Kender ond et bloß für dia, isch dui Weihnachtsfeier beim Schtammtisch em Hirscha des graoße Ereignis des Johres gwea. Ma isch ja domols no et so mit Onderhaltong überfüttret wora wia heutzutags: Radio hot s kois geba, koi Fernseha, ja et amol d Zeitong hot sich jeda Familie leischta könna. Do send dia Johrestäg ond Weihnachtsfeira von de Verei ond Wirtschafta s oizige Vergnüaga vom kloina Ma ond seiner Familie gwea, ond deam hot ma sich ao mit vollem Herza nageba. Ao s Kätherle ond ihre Gschwischter hänt uf deam rissiga Dielaboda von dr Wirtsschtub ihre erschte kendliche Tanzschritt gwagt, ond vor ällem s Kätherle häb, wia se mit ihrem Bäsle tanzt hot, d Aufmerksamkeit ond Bewonderung von de Leut uf sich zoga.

»Deaner leit d Musik em Bluat, Bauer, uf dui muascht aufpassa, daß se dr et drvotanzet.« S Mädle isch mächtig schtolz gwea uf des Lob. Zom Glück hot se do no et gwißt, daß se ebbes schpäter ihra Zeit et uf em Tanzboda, sondern em Rollschtuhl verbrenga müaß.

Ma isch wia a oiziga Großfamilie gwea an sotte Feschter, ond ma isch sich menschlich näher komma, hot ao Freud ond Loid mitanander toilt. Wo no oiner von deane Schtammtischbrüader wegzoga isch von Geislenga, do hot s a graoß Abschiedsessa geba, ond ma hot sich en echter Trauer verschprocha, sich nia zu vergessa ond sich ao regelmäßig zu schreiba. Ja so isch gwea beim Wegzug vom Wacker Willi, ond dui Verbendong isch ao wirklich blieba.

Wia amol noch Johre dr Bauer beim Schtammtisch drüber gjammret hot, daß r mit seim Nochwuchs em Hennaschtall halt gar et zfrieda sei, weil s lauter Göckel ond kaum a Heahle drzwischa häb, do hänt dia Brüader sei Asicht gar et toilt, sondern gmoint, des sei doch a Glück, denn om so öfter könn ma en Gockelbrota essa. Ond glei druf hot a anderer gmoint:

»Bauer, des isch a Wenk vom Schicksal! Dua a guats Werk, ond schtift oin von deine Göckel em Wacker Willi, moischt, wia der sich freua tät!«

»Jo, des isch a Wort«, hänt jetzt ao de andre gschria, brauchscht weiter nex dra doa, denn rupfa ond fortschicka, des bsorget mir!« Notgedronga hot dr Bauer et noi saga könna ond schliaßlich isch dr Wacker Willi ao sei Freund gwea. Wenn de andre s Rupfa ond s Fortschicka übernemma täte ond s Porto natürlich ao, no wär des gar koi so a schlechter Handel, denn em Willi hot r gern oin von seine Göckel gonnt. Ao sei Bäure hot nex drgega ghet, denn dr Willi isch oft bei Kirchhofbauers uf Bsuch gwea, wo r no en

Geislenga gwohnt ghet hot. Wo no dr Gockel schö rond ond fett gwea isch, hot man gschlachtet ond en »Hirsch« nei brocht, wia abgmacht. Natürlich hot ma da schönschta Gockel von älle rausgsuacht, denn schempfa lao hot ma sich wölla eta. Ao d Schtammtischbrüader hänt en Gockel kriagt, bloß war der et ganz so graoß. Send Wocha ens Land ganga ond dr Willi hot nex von sich höra lao.

»Bedanka könnt r sich scho, für dean schöana Gockel«, hot Bäure gmoint, ond se war scho aweng sauer. Do endlich hot dui Poscht en Briaf brocht vom Willi. Dr Dank isch aber ebbes trokka ausgfalla, ond dr Willi hot gschrieba, daß sich natürlich sei Dackel, der Waldi am meischta gfreut häb.

»Du, do schtemmt ebbes et!«, hot Bäure zu ihrem Ma gsait, »dia weret hoffentlich et dean kloina, halbleabiga Gockel, dean deiner Schweschter zom Supp kocha gschickt hoscht, em Willi nei doa hao ond da graoßa selber gessa!« Daß sich über dean schöana Gockel bloß dr Hond gfreut häb, des war scho direkt a Beleidigong. Zeit isch verganga, wieder isch Weihnachtsfeier gwea em Hirsch. S isch wieder recht luschtig wora drbei, ond s Bier hot dia Zonga glöst. Do sait oiner plötzlich lachend zom Kirchhofbauer:

»Du Bauer, hosch et bald wieder en Gockel für da Willi?« ond genüßlich leckt sich dr Ma dodrbei seine Fenger:

»Mei, war der Gockel guat!«

Dr Bauer isch aufgschpronga, hot dean Halb-

bsoffana am Kraga packt ond hot en abrüllt:
»Was hänt ihr mit meim Gockel gmacht! Raus mit dr Schproch oder i brech dr älle deine Knocha oinzeln a!«
De andre hänt beschwichtiga wölla, aber dr Bauer hot et los glao. Se hänt älle drei Gockel em Hirsch gessa ond em Willi bloß dia Knocha gschickt mit ma schöana Gruaß vom Kirchhofbauer.
»Pfui Teufel, ihr Saubande!«, hot dr Bauer gschria, hot Huat ond Mantel gnomma ond isch ganga.
S hot arg lang braucht, bis r selber hot drüber lacha könna; eigentlich erscht wieder, wo dr Willi uf Bsuach do gwea isch ond des Mißverschtändnis aufklärt wora isch.

S Tausendjährige Reich

Glaube und Schönheit isch oina von deane Parola gwea em Dritta Reich, dui gar et schlecht klonga hot. S Kätherle hot en de letschte Schuljohr a Lehrere ghet, dui dia Parola voll bejaht hot, allerdengs et ganz em Senn von dr Partei, denn se isch a überzeugte Christin gwea. Sui hot des mit em Glauba em religiösa Senn ganz ernscht gnomma ond dia Kender ao uf de wahre Schöheita, dia oft em Verborgana send, hingwiesa. Schöheit onder Ronzla des Alters, Schöheit en dr Hilflosigkeit von ma Kendle oder Tierle, dia onsra Hilfe brauchet. Se isch a wonderbara Frau gwea, ond en Kätherles oberührter Seele isch des älles uf en guata Nährboda gfalla. Dui Frau hot a feis Gschpür ghet für s Echte, für d Natur, für d Musik, für d Schöheit en de Forma dr Geometrie, für d Tierla, dia se »onsre jöngere Brüader« ghoißa hot. So schtark s Kätherle ao von deane Parola vom Dritta Reich, von deane Aufmärsch, de Parada, von flotter Marschmusik ond äll deane volksnahe Idealbilder dr Regierong mitgrissa wora isch, inschtinktiv hot se doch begriffa, daß der Schatz, dean dui Lehrere zu biata ghet hot, wertvoller gwea isch ond ao ihrem Weasa verwandter, als des laute Tamtam ihres so schtolz ond überheblich worena Vaterland.

Als gläubiga Chrischtin ischt s dera Lehrere ao et leicht gfalla, d Geschichte so auszleget, wia s grad erwönscht gwea isch, aber se hot de Kender scho indirekt beibrocht, was se hänt drvo halta könna. Ma hot grad Tirol behandelt, ond se hot vom Freiheitskampf erzählt ond wia teuer sich dia Tiroler ihr deutsch sei hänt erkämpfa müaßa. A paar Tag schpäter, bei dr nächschta Gschichtsschtond hot se no gsait:

»Kender, dui Lage hot sich verändert, nochdeam dr Mussolini Deutschlands Freund isch, derf ma dui Sach mit Tirol nemme bloß mit deutsche Auga agucka.«

Domols hot s Kätherle ond mit ihr ao etliche andre Kender begriffa, daß ma Geschichte ao manipuliera ka.

Erwähnenswert isch ao no a kleina Episode,

dia sich beim Bsuach vom Schualrat zuatraga hot, ond dui hot schpäter, bei dr Entnazifizierong nomol a Roll gschpielt. Bei de Schualprüafonga vom Schualrat isch es en Geislenga üblich gwea, daß dia Schüaler noch dr überschtandana Angscht ond Aschtrengong von dr Schtadt a Brezel gschtiftet kriagt hänt. Der mit ma weißa Tuach verdeckte Korb isch scho von Afang a en dr Eck von dr Schualschtub gschtanda, ond dr Schualrat hot en natürlich ao schtanda seha. Leutlich, wia dr Ma gwea isch, hot r noch Beendigong von dr Prüafong dia Kender gfrogt:

»Ond was isch euch Kender jetzt wohl s Wichtigschte von dr ganza Prüafong?«, ond r hot drbei zom Korb mit de Brezla nomguckt. Hei, do send dia Händ aber hoch gfahra, ond ao s Kätherle hot de ihr scho halba droba ghet, hot se aber schnell wieder zruckzoga. Plötzlich send ra nämlich Bedenka komma, ob a Brezel wirklich s Wichtigschte sei könn! Als se no wieder gschtreckt hot, hot dr Schualrat grad sui aufgefordret, wahrscheinlich hot r ihra Zögra bemerkt, aber uf dui Antwort isch r sicher et gfaßt gwea.

»S Wichtigscht, moin i, wär doch, wenn ao oser Herrgott an dera Prüafong sei Freud hät hao könna.«

Ganz schtill isch em Klassazemmer wora. Dr Herr Schualrat isch von der ogwohnta Antwort ganz verdutzt gwea ond hot sich erscht amol aweng an de Ohra kratzt, eh r gschtottret hot:

»Ja, ja, natürlich, des ao, aber für de Meischte weret doch dia Brezla ao wichtig sei!« Dodrmit isch r zom Korb nom, hot des Tuach wegzoga ond hot afanga austoila. Noch em Omschturz hot s Kätherle em Entnazifizierongsgericht dui Gschicht schildra müaßa, do isch no deam Schualrat dui onderlassana Zrechtweisong zom Vorteil ausglegt wora.

D Konfirmatio

So klar ond oifach wia ma us dr Antwort an da Herr Schualrat hät entnemma könna, so isch tatsächlich zu seller Zeit Kätherles Glauba no gwea. So a echter obelaschteter Kenderglauba an da liaba Gott mit seim weißa Bart, an des rosige Kendle en dr Krippe bei »Stille Nacht, heilige Nacht ...« Weisa, ond an älles Guate ond Reine en ra hoila Welt. So isch se ao mit de beschte Vorsätz ond viel guatem Willa durch dui Vorbereitongszeit zur Konfirmatio ganga. Ja se hot sellem öffentlicha Bekenntnis zu ihrem Glauba regelrecht entgegafiabret. Älles was dr Pfarrer gsait ond glehrt hot, hot se us vollem Herza bejaha könna. Ao äußerlich isch älles beschtens vorbereitet gwea, d Kloider, nuie Schuha, d Eiladonga, s Essa ond a Masse feinschter Kuacha.

Endlich isch soweit gwea. Se send en dui schöana gotischa Schtadtkirch eimarschiert. S muaß a erhebender Ablick gwea sei, denn hi ond da hot ma en de Bänk a Schluchzga ghairt vor soviel oberührter Heiligkeit. Wia dia ganze jonge Menscha do vormarschiert send zom Altar om ihren Glauba vor älle Leut zu bekonda. Bloß dem Kätherle isch älles andre als heilig z Muat gwea. Worom hot se sich bloß so leer ond obeteiligt gfühlt? Dr Pfarrer hot sich Müha geba mit seiner Predigt, aber am Mädle send älle Wort vorbeiganga. No isch se mit de andre vorna vor em Altar knuilet ond hot dui Had vom Pfarrer a Weile uf ihrem Kopf gschpürt, des isch aber ao älles gwea, passiert isch nex, gar nex, koin heiliga Geischt, koin fromma Hauch, nex isch über se komma als no a größra Leere als vorher. Se hot gfröschtlet ond isch sich plötzlich vorkomma wia en ma Theater. Älle hänt mitgschpielt, dia Kender, dr Pfarrer ond de ganze Kirchgänger, bloß für sui hot s en deam Schpiel koi Roll et geba. S isch ra gwea, als schtand sui außerhalb dr ganza Sach, ond als völlig obeteiligter Beobachter hot se sich gfrogt: »Wo isch r eigentlich jetzt, seller Gott? Worom hot se nex gschpürt von seiner Nähe? Hät ma so en allmächtiga, graoßa Gott überhaupt en a Kirch neizwenga könna? Was wär denn des für a Gott, dean ma noch Beliaba zu ma Rendezvous mit seine Gläubige hät zwenga könna?« »Noi«, hot se denkt, do ka ebbes et schtemma. Gott, wenn s en gibt, no läßt der sich et en a Kirch eischperra, des hänt sich sicher bloß dia Leut so ausdenkt, daß sen do gern eischliaßa däte, damit se druaßa em Leaba a Ruha vor em hätte.« Des waret Kätherles Gedanka ond trutzig hot se beim Beata d Auga et niedergschlaga wia de andre, sondern frech en dr Gegend rom guckt über dui en Adacht versonkana Menge. Waret des jetzt lauter Christa? Vielleicht send des aber ao bloß lauter Heuchler gwea? Dr Wurm des Zweifels isch enzwischa scho fascht a Saurier wora gwea. Mit kritische Auga hot s Mädle noch ihrer Verwandtschaft nom gucket. Send dia wirklich bloß ihretweaga komma oder hänt dia et bloß wieder amol gmüatlich beianander sei wölla ond sich uf billiga Weise satt essa?

Wo ma no hoimkomma isch, hot s em ganza Haus noch feschtlichem Essa grocha. D Schtub isch ausgräumt gwea ond s Kätherle hot an deane nobel deckte Tisch da Ehraplatz einemma müaßa. Se hot Gschenk agnomma ond Konversatio gmacht, aber essa hot se von deane guate Sacha fascht nex könna, denn ihra isch furchtbar schlecht gwea. Se hot bloß äwel denkt, wenn s no scho rom wär. Endlich isch s Essa verbei gwea ond se hot ihrer Muater saga könna, wia schlecht ihrs gwea isch.

»Kend, du hoscht ja Fiaber!«, hot Bäure entsetzt gsait, »aber des goht doch et, daß du deine Gäscht aloi hocka läscht.«

Wia se aber gseha hot, daß s Mädle scho fascht omkippt isch, hot se se doch ens Bett gschickt ond se gmessa. 39,2 hot des Thermometer azoigt ond em Kend hänt ao scho dia Zäh klappret, so hot ses gschüttlet.

»O Gott, o Gott, ao des no«, hot d Muater gjammret ond schnell a warms Wasser ond a Grippetablett gholet.

»Jetzt schlofscht halt a Weile, no wirds scho

besser ganga, denn zom Kaffee muascht uf älle Fäll wieder an Tisch na sitza.«

Dodrmit isch se naus zur Tür, hot aber glei druf nomel rei guckt:

»En d Kirch muascht fei schpäter ao nomel!«

Em Kätherle isch en deam Moment älles egal gwea. Se hot nex anders wölla als ihra Ruha, ond an s Schpäter hot se et denka möga. Ja, am liabschta wär ra s gwea, wenn se gschtorba wär. Ja, worom eigentlich et? Se hot sich ausgmolt, wia d Muater zruckkäm zom Wecka ond sui wär gar nemme am Leabe. Dui dät vielleicht gucka, ond no könnt sui nemerd mehr ebbes hoißa, ja se hät überhaupt koine Sorga mei. Der Gedanke isch so beruhigend gwea, daß s Kätherle drüber eigschlofa isch. Ihrem Gfühl noch isch se aber kaum eigschlofa gwea, do isch ao scho d Muater wieder komma zom Wecka. Weil se aber do äwel no lebendig gwea isch, hot se müaßa wieder aufschtanda ond mit an da Kaffeetisch na sitza. S Schterba isch scheints gar et so oifach gwea, wia de Erwachsene emmer doa hänt. En d Kirch hot s Mädle allerdengs nemme müaßa, weil jeder gseha hot, daß se sich kaum meh uf de Füaß hot halta könna. Ao des Obedessa hot s Kend no irgendwia henter sich brocht, ond hot sich no endlich ihrer Grippe widma könna.

Am Metig hot se et zom traditionella Abschiedsbsuach, wo ma de jöngere Schüaler Bombola mitbrocht hot, ganga könna, ond se isch beim Fotografiera et mit uf s Klassabild komma. Doch des isch ra älles egal gwea, denn ihra isch ja grad de ganz Welt, oder besser gsait, dr ganze Hemmel eigfalla gwea. Do isch se dogleaga mit ihre Scherba ond des hot sich et repariera lao. Wenn s Mädle wenigschtens nomol en d Schual hät könna, vielleicht hät ra ihra Lehrere en Roat gwißt. Aber s Kätherle isch ja jetzt schualentlassa gwea. Do isch se jetzt plötzlich em Leaba drenn gschtanda, frei ond ohne Schualzwang, sozusaga äller Bande los, ond dodrbei hät sich s Mädle doch viel liaber no a Weile an deane Haltesoil ghebt, grad jetzt, dia sui no gar nia als Fessla empfonda ghet hot.

Dr Schual entwachsa

So bsonders send dia erschte Monet noch dr Schualentlassong et gwea. Irgend ebbes hot em Mädle gfehlt ond se isch sich vorkomma, als schtand se an ma ganz falscha Platz. An dr Arbet isch et gleaga, dui hot ra scho emmer Schpaß gmacht ghet, vor ällem dr Omgang mit de Viecher, aber so wia en Kendertäg isch halt nemme gwea. Se hot an deane Tierla uf oimol ebbes vermißt, d Schproch ond des Geischtige. Do hot ma ra en dr Schual aweng vom Geischt dr Erkenntnis z esset geba, se hot en dui wonderbara Welt dr Büacher ond des Wissens neigucka derfa, ond jetzt isch dui Tür oifach mit dr Schualentlassong zuagschlaga wora. Bei Kirchhofbauers hot s halt drei Bücher geba: D Bibel, s Kochbuach ond so a komisches Sektabuach, des a cleverer Hausierer dr Bäure amol aufgschwätzt ghet hot. Des isch natürlich aweng a karga Koscht gwea für a Vierzehahalbjähriga, dui durchdronga gwea isch von Wissensdurscht ond Nuigier. Do hot s Kätherle emmer wieder an ihra Lehrere denka müaßa, aber ohne en vernünftige Grond hot se et gwagt, dui Frau zom bsuacha. So hot se warta müaßa bis zom Geburtstag von seller Frau. Do hot s Mädle no en graoßa Wiesablomaschtrauß brocket, ond isch uf em Hoimweag vom Feld bei der Lehrere verbeigfahra, om ra zu gratuliera. Dui Lehrere hot se glei gfroget, worom sui et zur Abschlußfeier en d Schual komma sei. Wo no s Kätherle verzählt hot, daß se krank gwea sei, hot dui Lehrere glei besorgt gfrogt, ob ras jetzt wieder besser gang. Nochdeam des s Mädle versichret ghet hot, hot se ja et saga könna, daß ras halt gar et guat gang ond se so oglücklich sei. En sellem Moment, wo se en deam gschmackvoll eigrichteta Zemmer mit deane riesige Büacherregal gsessa isch, hot se ao nex gschpürt vom Oglücklichsei, ganz em Gegatoil, sauwohl isch ra s gwea, wia scho lang nemme, fascht isch s gwea wia a Hoimkomma. Sehnsüchtig send dia Auga vom Mädle über dia viele, zom Toil goldgeprägte Buachrücka en de Büacherregal gwandret, ond ihrer feifühliga Gaschtgebre isch des et verborga blieba.

Do isch dui Frau en en Neabaraum nomm ond isch mit ma kloina Büchle wiederkomma:

»Do han i Dir ebbes zom Leasa, ond wenn s

ausgleasa hosch, no brengscht mers halt wieder verbei.«

Kätherles Auga hänt gschtrahlt. Des isch ja glei a dopplets Gschenk gwea, erschtens des Buach ond zwoitens dui Aufforderong zom Wiederkomma. Do hot se sich halt ganz herzlich bedankt ond isch uf dr Hoimfahrt so fröhlich gwea, wia scho lang nemme.

Em Ombruch

Lang hot en seller Zeit koi Jammer ond ao koi Fröhlichkeit dauret, doch boides isch erschütternd gwea. Dia Gfühl hänt gschwankt vom Himmelhochjauchzend zom Zutodebetrüabt. Ma hot s Mädle fascht nemme kennt, so empfendlich isch se gwea, fascht wia a Mimose, ond no wieder derb ond bockig, trotzig ond widerschpenschtig. Se hot sich ja selber nemme verschtanda, am wenigschta an sellem Tag, wo folgendes passiert isch: S Kätherle hot grad a gewisses Örtle aufgsuacht ghet, om ihra Notdurft zu verrichta, do hot d Muater von dr Haustür her noch ra gruafa:

»Kätherle, komm her!«

S Mädle aber, en ihrer Bockigkeit, isch grad froh gwea, daß se ja wirklich et hot folga könna ond hot lautschtark zruckgschria:

»Noi, i komm et, weil i jetzt sch ... muaß!«

No hot se en äller Gemüatsruha ihra Gschäftle

erledigt ond isch henterher et grad em Eilschritt zur Wohnschtub nom gschlendret, om deam Ruaf von dr Bäure zom folga. Se hot scho Türaklenk en dr Had ghet, do hört se grad no dui fremda Schtemm. Wia von dr Tarantel gschtocha hot s Mädle dui Türaklenk fahra lao ond isch drvogrennt en d Schuier naus, nauf ens Heu ond hot sich verkrocha.

»Du liaber Hemmel, was hao i dao?« hot se sich gfrogt.

»Was en äller Welt muaß dui Frau von mir denka?«

Denn mit oim Schlag isch ra klar wora, worom ra d Muater gruafa ghet hot. Dui Frau war a guata Bekannta, a arg liabs Fraule, dui nia komma isch, ohne de Kender a Kleinigkeit mit zom brenga.

»S wär wohl am beschta, wenn jetzt d Welt onterganga dät!«, hot s Mädle bei sich denkt, denn so wia sui sich blamiert häb, könn se ja wohl nemme onder d Leut ganga.

Nochdeam aber d Welt et onderganga isch, denn do hät se wahrlich viel z dont, wenn se weaga jedem Trotzkopf naganga müaßt, do isch s Mädle halt wieder ragschtiega vom Heuschtock ond nei zur Muater, denn dui Frau isch enzwischa wieder ganga gwea. D Bäure hot se ganz traurig agucket ond gsait, daß se sich ganz arg häb schäma müaßa vor der Frau, wenn ma so a wüaschta Tochter häb. Gschempft hot se gar et, aber grad dorom isch fürs Mädle no schlemmer gwea. D Muater hot ra des kloine Geschenkle geba, des dui Frau mitbrocht ghet hot ond hot gsait:

»Was du jetzt zom doa hoscht, des wirscht wohl wissa, Kätherle, du goscht morga zu der Frau na ond entschuldigscht de ond bedankscht de für dei Gschenkle!«

S Kätherle hot aber bei sich denkt, daß se dera Frau liaber nia meh onder d Auga komma möcht, ond hot des ao dr Muater gsait. Dr Muater war s et recht ond se hot doch no gschempft. S Kätherle aber hot gheult ond gschria:

»Liaber gang i ens Wasser, als me no meh zom blamiera!«

Endlich hot d Muater nochgeba ond se hot et ganga braucha. Vom Vater ond de Gschwischter ischt des Ganze mehr als Gaude aufgfaßt wora ond se hänt s Mädle no lang drmit aufzoga.

Nomel a Ofall

Ja, s isch halt scho a domma Zeit gwea fürs Kätherle, so noch dr Schualentlassong. Wahrscheinlich wär s für sui ond ihren Kopf besser gwea, se hät no aweng büffla derfa, denn no hät sich der komische Aufruhr en ra selber vielleicht mei uf ra geischtiga Ebene austoba könna. Doch bald druf hot ra d Natur selber en Weag zoigt für en nuia Lebenssenn. Mit em Eitreta dr Monetsregel hot s Mädle begriffa, daß sui ja et bloß sich selber leabt, sondern daß se a Glied isch en ra Kette, dui Leaba weitergeba muaß. Do hot se no irgendwo ebbes gleasa von reif wera ond rein bleiba, ond des isch ra ganz guat eiganga. Onder dui Parole hot se ihra Leaba gschtellt, ond no hot se uf oimol ao wieder lacha könna. Jetzt hot ra ao d Arbet wieder Schpaß gmacht.

Schpaß gmacht hot deane Kender ao des Zruckbrenga vom Brennwasserfäßle zom Küafer. Des isch nämlich so gwea, daß dr Kirchhofbauer beim Küafer Schlecht emmer da Abfall vom Schnapsbrenna, des sogenannte Brennwasser abgholet hot für seine Küha, denn dui Flüssigkeit hänt dia Viecher et no möga ond hänt do druf bis zo ma drittel me Milch geba. S volle Fäßle hot dr Bauer mi de Gäul abgholet oder oifach henta an sein Waga naghenkt, wenn r vom Feld hoim gfahra isch. S Fäßle isch uf ma größra Küaferwaga gleaga, ond dia Wägala send eigentlich leicht zom fahra gwea. So hot ma zom Zruckbrenga vom leera Fäßle meischt halt Kender gschickt. S isch ja bis zom Küafer emmer aweng bergei ganga. Ond grad weil s so leicht ganga isch, weil ma drbei ao amol en d Schtadt nei komma isch, hot des dia Kender jedesmol gfreut. An sellem Tag, wo dr Ofall passiert isch, hänt dia zwoi Mädla, s Klärle ond s Kätherle, des Brennwasserfäßle zruckbrenga wölla. Se send mit deam leichta Wägele d Hauptschtroß neigroiflet bis an Ochsa na. Do, an der engschta Schtroßaschtell, grad rom von dr Wirtschaft, hot so a Sempel sei Auto abgschtellt ghet. Do hänt se no langsam doa müaßa. S Kätherle, dui vorna an dr

Deichsel gwea isch, hot vorsichtig zruck guckt ond no noch vorna, ob nex komm, ond isch no mit dr Deichsel rausboga zom Verbeifahra. Em gleicha Augablick hänt aber ao scho Bremsa quietscht, hot se en Schlag am Oberschenkl gschpürt ond isch glei druf uf em Kotflügel von sellem Schportwaga ghocket, der anscheinend d Hauptschtroß für a Rennschtrecke ghalta hot. Wia des Auto zom Halta komma gwea isch, isch s Mädle ganz von selber wieder vom Kotflügel ragrutscht, so daß se grad uf d Füaß zom Schtanda komma isch. Leichablaß isch seller Rennfahrer mit zittrige Knui us seim Schportwaga klettret, ond hot es fascht et glauba könna, daß em Kend nex weiter passiert isch. S Kätherle hot koi Schramm ghet ond se hot ao koine Schmerza gschpürt. Se hot des deam Ma a paar mol versichra müaßa, daß ra wirklich nex fehl, no erscht isch der beruhigt drvogfahra ond ao s Kätherle ond ihra Schweschter hänt ihren Weag fortgsetzt.

D Kranket

Weil ma beim Kirchhofbauer et so zimperlich gwea isch, schliaßlich hot sich jeder irgendwo seine Knocha agschlaga, isch seller kloine Ofall schnell vergessa gwea. Wer hät ao trüabe Gedanka nochhänga wölla, wo uf em Hof älles gloffa isch wia am Schnürle. Drei kräftige jonge Leut zom Schaffa, des hot wohl a Schtück geba: S

Klärle mit 19, s Jörgle mit 18 ond s Kätherle mit 14 Johr, do hänt dia Eltra wohl ihra Freud ghet an sotte Mägd ond Knecht. Des isch a Lacha ond Hänsla, a Necka ond Fretza onder deane Gschwischter gwea, a Sommer isch ens Land ganga, wia en dr Hof en sotter Freud ond mit soviel Lacha net glei wieder hot erleaba derfa.

No isch dr Herbscht komma mit seiner Obschternt, ond ma hot scho Pläne gschmiedet für da Wenter. S Jörgle hot ma en d Landwirtschaftsschual agmeldet, dui emmer über s Wenterhalbjohr abghalta wora isch, ond s Klärle könn no en d Kochschual. Denn s Kätherle sei jetzt graoß gnuag, daß se über da Wenter d Arbet uf em Hof macha könn. An sellem Nochmittag uf dr Wies hot aber s Kätherle gar et an Arbet denka möga. Obwohl d Sonn gscheint hot, ond dr Herbschttag et schöaner hot sei könna, isch em Kätherle so gar et wohl gwea en ihrer Haut. D Arbet isch ra ao gar et von dr Hand ganga, so daß dr Bauer scho ganz ärgerlich wora isch weaga ihrer Trödelei beim Obschtaufleasa ond se agschria hot:

»Wenn d scho et aufklauba witt, no gang wenigschtens uf dean Baum nauf ond tua dia Äpfel brocka!« Äpfelbrocka isch Kätherles Liablengsbeschäftigong gwea, des hot dr Bauer gwißt ond hot no drzuagfüagt: »Aber schlof mr et ei drbei!«

S Kätherle isch uf da Baum nauf ohne graoßa Luscht ond wär ao fascht glei wieder ragfloga, weil se plötzlich en ihrem Knui koin Halt me ghet hot. Se hot sich grad no mit de Händ feschthalta könna, hot aber nex z Herz saga ghet, weil doch dr Vater scho so narret gwea isch. Obwohl em Mädle soscht koi Baum z haoch gwea isch, hot se an sellem Mittag gschwitzt vor Angscht, isch rittlengs von Ascht zu Ascht krocha om Halt z kriaga, hot sich ploget om wenigschtens oinige Äpfel zom brocka ond war no hoilfrao, wo s endlich Obed wora isch. D Muater hot em Kend da Pflückkorb agnomma ond des war guat so, denn beim Raschteiga isch s Mädle da langschtreckta Weag uf d Wies nagfloga. S hot aber nemerd druf gachtet. Se hot sich wieder aufgrapplet ond hot sich gfreut, daß se wenigschtens uf em Graswaga hot mit hoimfahra könna, denn s Fahrrad isch drhoim gschtanda mit Plattfuaß. Sui hät sowiaso nemme fahra könna. Dui Hoimfahrt isch em Kätherle no lang en Erinnerong blieba, erschtens, weils für langa Zeit ihra letschta gwea isch ond zwoitens, weil do dia Schmerza für a Weile nochglassa hänt. A richtiga Wohltat isch gwea, so zwischa deane Obschtkischta em woicha Gras zom sitza. S isch scho dämmrig gwea ond kühal, aber et kalt, d Obendluft von de Felder hot sich mit deam Duft von de frischpflückte Äpfel vermischt, ond am Hemmel droba hänt krächzende Rabaschwärm ihre Böga gfloga. En höhere Luftschichta muaß Schturm gwea sei, denn weißgraue Wolkafetza send, sich stetig verändernd ond nuie Bilder formend, über dean oba no hella Hemmel gjagt. Em sanfta Rüttla vom Waga, em Getrappel dr Gäul, em Blick uf da bewegta Hemmel mit seine Rabaschwärm, isch em Kend a Abschiedsvorstellong geba wora, dui se lang nemme vergessa hot.

»Wenn d Raba so fliaget, no wirds kalt!«, hot d Bäure gmoint. »S isch ao Zeit drzua!«, isch em Bauer sei Antwort gwea ond me isch et gschwätzt wora uf dera Hoimfahrt. Em Kätherle isch recht gwea so, denn om so besser hot se träuma könna. Se isch so osagbar glücklich gwea en ihrem schtilla Traum, so verbonda mit Land ond Hemmel, mit Mensch ond Tier, fascht wia em Paradies.

Des war für s Mädle für langa Zeit ihr letschter Tag uf oigane Füaß.

En dr Nacht hot sich s Kend en oruhige Träum gwälzt, hänt dia Schmerza em Fuaß hoiß gloschtet, ond am Morga hot se et aufschtanda könna, s Kätherle. D Muater hot ganz entsetzt uf da Thermometer gucket, mit deam se s Mädle gmessa hot, denn der hot uf 40,1 Grad Fiaber zoigt. Jetzt hot dr Dokter her müaßa, doch deam isch dui Sach selber et geheuer gwea. A Erkältong isch et gwea, ond am Fuaß, wo s Mädle über Schmerza klagt hot, wars weder raot no wond.

»I geb ra jetzt a Schpritz gega s Fiaber, ond bis heut obed seha mr no scho, was gibt!«, hot dr Ma voller Zuaversicht gmoint. Am Obed isch er aber ao et heller gwea wia am Morga, denn weder isch s Fiaber zruck, no hänt dia Schmerza nochglassa. Dodrbei hot ma an deam Fuaß rein gar nex gseha. Er war weder raot no gschwolla. Wieder hot r em Mädle schmerz- ond fiabersenkende Mittela geba, doch kois von boide hot gwirkt. S Kätherle hot glühet vor Fiaber ond dia Schmerza send emmer wahnsinniger wora. Vor lauter Weh hot sich s Mädle en de Matratza verkrallt ond se am End gar mit de Fengernägel verrissa. En de kurze, schmerzfreie Phasa hot se bloß no still vor sich nadämmret.

»Ja, dent doch ebbes! Dui schtirbt mr ja!«, hot dr Bauer am dritta Tag da Dokter agschria, wo r wieder komma isch.

»Des wollt i heut auch mit Ihne beschprecha«, hot der Ma mit vor Sorga gronzelter Schtirn gmoint:

»Die Krankheit scheint sehr ernster Natur zu sein und ich würde dringend zu einer Überführung ins Krankenhaus, und zwar am besten gleich in die Kreisschtadt raten.«

Dr Bauer hot an sein Buaba denkt ond gfrogt:

»Ja sod ma des Mädle et glei noch Ulm zom Mendler brenga?«

Dr Dokter hot aweng z Gsicht verzoga. Dr Name Mendler isch für dia Ärzt wia a raots Tuach gwea, weil seller legendäre, volksnahe ond derbe Chirurg meischt koi Blatt vors Maul gnomma hot, wenn r dia Konschtfehler von seine Kollega aprangret hot.

»Dr Dokter Mendler kommt da wohl kaum in Frage, denn der hat zur Zeit die Muschteronga vorzunehma, ond dia Krankheit braucht en Arzt, der ganztägig do isch«, hot dr Dokter widerschprocha, ond weil s dr Bauer mit em Hausarzt et hot verderba wölla, isch halt s Mädle noch Göppenga zom Dokter Neufer brocht wora.

Ao do hot ma äußerlich am Fuaß no überhaupt

nex feschtschtella könna ond dr Arzt hot froga müaßa, weller Fuaß es überhaupt sei. Selbscht des Röntgabild hot net zu viel hergeba. So hot ma halt amol operiert. Doch erscht wo se ao no da Knocha aufgmoiselt hänt, do hänt ses gfonda, denn do isch en dr Oiter glei entgegeschpritzt. Do isch deane Ärzt etliches klar wora, des hohe Fiaber, dia wahnsinnige Schmerza, des älles hot der Oiter verursacht, der koin Ausweag gfonda ghet hot. Osteomylitis hänt se dui Krankheit ghoißa, oder zu deutsch Knochamarksveroiterong.

Zom Glück hot s Mädle nex begriffa, was des für a langwieriga ond heimtückische Kranket gwea isch, dia se do befalla ghet hot ond ao nex von dr Lebensgefahr. Se hot sich bloß noch dr Operatio erleichtert gfühlt, weil dia wahnsinnige Schmerza endlich nemme so schlemm gwea send.

Dui Welt vom Kranka isch a andra Welt

Dui Welt von de Kranke isch a ganz a andra Welt als dui von de Gsonde. Stemmongs- ond Wetterlag hanget et vom Barometer, sondern mei vom Thermometer a. Ao d Johreszeit schpielt koi soa graoßa Roll drbei, denn d Omwelt isch dr Blomaschtrauß uf em Nachttisch, isch seller Mitpatient em andra Bett, isch dr Bsuach während dr Bsuachszeit. Am Wichtigschta en seller Welt isch dr Dokter oder besser gsait dia Dokter. Ab ond zua kommt nämlich a ganza Prozessio von sotte Weißkittel reigfuaßlet, schart sich geschtikulierend oms Bett, schwätzt en ma komischa Kauderwelsch, des em Kätherle eher chinesisch als deutsch vorkomma isch, ond se isch sich dodrbei jedesmol vorkomma wia a schlachtreifs Schtückle Rend uf em Viehmarkt. Guat, daß es neaba selle »Götter en Weiß« ao no a paar Engala geba hot. Dia hänt deutsch gschwätzt, hänt weißgschtärkte Häubla uf em Kopf ghet, hänt d Betta gschüttlet, s Essa brocht, oin gwäschet ond hänt ao dui Notdurft wegtraga, ond ma hot sich et amol Näma merka müaßa, denn ma hot zu jeder oifach Schweschter gsait. So isch es komma, daß des, was de ganz Welt drussa en Panik ond Aufregong gschtürzt hot, nämlich dr Ausbruch vom zwoita Weltkriag, s Kätherle kaum mei berührt hot, als wenn s Fiaber oerwartet wieder nauf ganga wär. Em Krankahaus hot sich ao kaum ebbes verändert, außer, daß a paar jonge Ärzt weniger gwea send. Aber an dr Versorgung ond Verpfleagong hot ma am Afang überhaupt nex gmerkt von ra Kriagszeit. S Kätherle isch bald druf nomol operiert wora. Desmol hänt dia Ärzt ganz rom oms Knia Schläuchla eigsetzt, damit dr Oiter us em Knocha besser ablaufa könn. Langsam hot sich s Fiaber so zwischa 38,5 und 39 Grad eipendlet. Doch jetzt isch a nuia Komplikatio drzuakomma, ond des isch s Hoimwai gwea, a schrecklichs Hoimwai. No nia en ihrem ganza Leaba isch s Mädle weiter naus komma gwea als uf Kirchhofbauers

Felder, ond uf oimol jetzt scho wochalang em Krankahaus. Koi Essa hot ra mei gschmeckt, se lhot bloß no gheult ond sich erscht ebbes beruhigt, wenn d Muater uf Bsuach komma isch. Hot d Bäure wieder ganga müaßa, weil se ja da Zug hät no kriaga solla, isch s Mädle an se naghanget, hot gheulet ond bettlet, bis ra de ploget Frau verschprocha ghet hot, daß se am nächschta Tag wieder komm. Des domme Deng hot en ihrem oigana Schmerz et begriffa, was se dodrmit ihrer Muater für a zuasätzlicha Lascht aufglegt hot. Et gnuag, daß des arme Weib vor Sorg om ihr krankes Kend fascht vom Verschtand komma isch, noi, se hot ao no d Nächt durch gwäschet, büglet ond s Essa vorkochet, damit se wenigschtens morgnets mit ufs Feld könna hot, wenn se scho mittags nex hot doa könna, weil se do en d Kreisstadt gfahra isch zom Kätherle. Wia oft isch se do am Krankabett uf em Schtuhl eigschlofa, weil der übermüadete Leib oifach sei Recht gfordret hot. Viele Johr schpäter, wia d Muater scho ondrem Boda gwea isch, do send em Kätherle oft no Träna komma, wenn se an ihren oiganga Overschtand denkt hot, mit deam se dui arma Frau zu selle tägliche Fahrta zwonga hot.

Aufgeba

Weil s Mädle emmer weniger wora isch ond s Hoimwai emmer meh, hot dr Dokter se schliaßlich aufgeba ond en ma Aflug von Erbarma gsait:

»Sia könnet ihra Tochter für oinige Wocha mit hoim nemma, Bauer.«

Wo dr Ma aber no noch ma Termin für de nächscht Ontersuachong gfrogt hot, isch dem Arzt doch schwer gfalla, sei Verwonderong über soviel Naivität zu verberga, ond us purem Mitleid hot r en Termin ageba, obwohl er doch sicher gwea isch, daß es do koin Termin me braucht hät. Bis do na, hot r bei sich denkt, bis do na, Bauer, hoscht dei Kend scho längscht vergraba.

Seller Dokter hot halt et mit dr Liabe ond deam Erfindongsgeischt von ma sorgenda Muaterherza rechna könna. Mit dr kräftigschta Koscht, mit de feinschte Bröckela, dia se no irgendwo hot auftreiba könna, hot dui Muater dean Energieverluscht, der durchs Oitra entschtanda isch, ausglicha, ond hot ihra Mädle am Leaba ghalta, ja, s Kend hot sogar a paar Pfond zuaglegt en deane Wocha drhoim. Zom agebana Termin hot dr Bauer Weib ond Kend en sei Kutsch neipackt, denn dr Krankawaga wär en z teur komma, ond isch noch Göppinga gfahra. Trotz de Schmerza em Fuaß, war dui Fahrt für s Kätherle a schöas Erlebnis. Beim vertrauta Klappra von de Pferdehüaf isch an de Felder ond Dörfla vorbei ganga, ond noch zwoiahalb

Schtond isch ma en da Hof vom Kreiskrankahaus eiboga.

Ihr Erscheina en dr Klinik isch a Sensatio gwea. Scho dr ganze Aufzug mit em Kütschle ond so, ond no dui Tatsach, daß se überhaupt no gleabt hot, des isch für dia Ärzt direkt a biologisch Wonder gwea. Von Schtond a hot jetzt s Kätherle des Glück ghet, a interessanter Fall zom sei, ond des hoißt viel em Krankahaus. Als interessanter Fall genießt ma die volle Zuawendong von Ärzte ond Personal. Mit älle Finessa ärztlicher ond pflegerischer Konscht wird so a Fall am Leaba ghalta.

Dr nächtliche Engel

Wieder hot ma s Kätherle operiera müaßa. Desmol hot ma s Knui künschtlich verschteift, damit s koi Reibongsentzündong me geba könn. So isch s Mädle also wieder em Krankahaus gleaga, ond so langsam hot se sich dra gwöhnt. Vor ällem ao desweaga, weil se a heimlicha Tröschtere gfonda ghet hot. Wenn s drussa donkel gwea isch ond em Gang bloß no dia Notlichter brennt hänt, no isch ganz leis a Engele über da Flur ghuscht ond isch en Kätherles Zemmer verschwonda. Dui bluatjonga Schweschter hot weder a weiß Gwand, no Flügele ghet, aber s isch so viel Helle ond Licht von ra ausganga ond so viel Liabe ond Erbarma, daß des Kenderherzle onder deane Liabkosonga aufblühet isch wia a welks Blöamle noch em Sommerreaga. Se isch bloß z guat gwea end Welt nei, ond se hot da Schweschtraberuf aufgeba müaßa, weil se dodrzua a z mitleidigs Herz ghet hot. Em Kätherle aber hot sella Schweschter da Glauba ans Guate em Menscha ond s Vertraua en d Liabe so fescht ens Herz eipflanzt, daß ra des schpäter koi no so schmerzlicha Enttäuschong hot me entreißa könna.

S gnaue Gegatoil vom Engele dr Nacht isch Tagschweschter gwea, derb ond herrisch hot se emmer ebbes zom Bruttla gfonda. Hot s Mädle des liablos naknallte Essa et nonderbrocht, isch se uf da Bettrand ghocket, hot da Löffel gnomma wia a Baggerschaufel, ond hot oifach dia kalte Schpeisa em Kend en Hals gschoba wia a ra Gas. Daß dobei dr Maga rebelliert hot ond dui Sach wieder schneller hussa gwea isch wia drenn, läßt sich denka. No isch natürlich d Schempferei erscht recht aganga, a verzogener Fratz sei se ond a widerschpenschtigs Biescht, doch was könn ma von dr Alb ra scho anders erwarta.

Doch ao dia Leut von dr Alb ra hänt a Herz ond a Gwissa. Grad om dui Zeit rom isch dr Bauer amol aloi uf Bsuach komma ens Krankahaus ond r isch dodrbei aweng bedrückt gwea.

S Kätherle isch en d Seel nei verschrocka, denn se hot denkt, sei ebbes passiert mit dr Muater. Uf ihr Froga na, hot aber dr Vater schnell abgwenkt ond versichret, drhoim sei älles wohlauf, bloß er häb amol aloi mit ehra schwätza wölla. Jetzt isch s Mädle no me verschrocka, weil se denkt hot, jetzt müaß ebbes ganz Schlemms komma, vielleicht, daß se schterba müaß, oder so was ähnlichs. S isch aber ganz andersch komma.

»Kätherle«, hot dr Vater agfanga, ond no wegguckt, »Kätherle, denkscht no dra, wia i di gschempft hao, woischt do beim Äpfel ra doa, wo d scho fascht nemme hoscht schaffa könna vor Schmerza?« »Aber Baba, desch doch scho lang her!«

»Mir hots koi Ruha glao, Mädle, verzeihsch mers?«

S Kätherle isch so verleaga wora wia no nia en ihrem ganza Leaba. »Aber Baba«, hot se gschtammlet, »do hao i doch scho lang nemme dra denkt!«

Do hot dr Bauer wia von ra Lascht befreit aufgschnauft ond no hänt se schnell von alltägliche Sacha gschwätzt.

Wia schpäter dr Vater wieder ganga gwea isch, hot s Kätherle no lang drüber nochdenka müaßa, denn om Verzeihong bittet, hot se bis jetzt no nemerd ghet, en ihrem ganza Leaba no nia.

Se hot s ehrlich vergessa ghet, des mit em Schempfa, denn, daß ma gschempft wora isch, oder ao Schläg kriagt hot, wenn ma et aschtändig gschaffet hot, des isch so selbschtverschtändlich gwea, wia s Ama en dr Kirch, bei Kirchhofbauers.

Drom isch s Kend ao ebbes verwirrt ond doch irgendwia glücklich gwea, ond se hät des Gfühl et beschreiba könna. Ond wieder isch em Kend a Schtückle Mensch erwachsener wora.

Hoimkehr ond Rollschtuhalzeit

Wieder amol hot s Kätherle noch ma längera Krankahausaufenthalt hoim derfa, s isch weaga de Koschta gwea. Ens Bett liega, solang koi Operatio fällig sei, könn se ao drhoim, hot dr Bauer gmoint. S Mädle hot sich riesig gfreut uf s Hoimkomma, doch no isch älles andersch gwea. Wia se en dui kloina, niedra Schtub neikomma isch, noch deane hohe, helle Krankahausräum, isch ra s grad gwea, als fall ra Decke uf da Kopf. Ihra Blick isch uf s staubige Vertiko gfalla, uf dia Schpura von Vaters Miischtschuha uf em Boda ond dia Spennaweaba em Schtubaeck. S ischt a richtiger Schock gwea ond se hot sich nemme heba könna, Träna send ra ragloffa, ond se hot vor lauter Heula nemme schwätza möga. D Muater isch arg verschrocka ond hot gfrogt:

»Was fehlt dr denn, was tuat dr weh?«

Se isch ao na ond hot se en Arm gnomma, do isch der Kuhaschtallduft no schtärker gwea, ond s Kätherle hot no me heula müaßa.

»Laß se en Ruha, Weib, s isch d Freud, d Freud isch halt, dui hot se omgschmissa.« No send se naus ganga ond langsam hot sich s Kätherle wieder gfanga. Wia d Muater nochher nomol gfrogt hot:

»Was isch gwea, Mädle, isch d Freud gwea?« Do hot s Kätherle bloß gnickt, denn des, was es wirklich gwea isch, hät se ja nia saga dürfa, nämlich, daß se sich noch der ganza sterila Sauberkeit em Krankahaus zom erschta Mol ihrer weniger saubera Hoimet gschämt hot. Se war halt no a Kend domols, ond hot erscht viel schpäter erfahra, für welen Dreck ma sich wirklich schäma muaß ond für welen et.

Weil s am Mädle ebbes besser ganga isch, hot dr Vater beim Rota Kreuz en Rollschtuhal bsorgt ond so hot se wenigschtens net emmer em Bett liega braucha, ond langsam hot sich s Kätherle ao wieder nützlich macha könna. Se hot Kartoffel gschält ond Gmüas putzt, se hot gschtrickt ond gflickt, ond se hot ao agschtaobt, soweit se hot nalanga könna. No besser isch natürlich ganga, wo se en kloina Handlanger kriagt hot. Oimol, wia se grad en ihrem Rollschtuhal em Hof gschdanda isch, kommt a kloiner Bua drher, schtoht vor se na ond sait:

»Worom sitzscht denn du en so ma Karra drenn?«

»Weil e et laufa ka«, hot s Mädle Antwort geba, ond hot dean Schtepke gmuschtret, der se mit seine graoße Kullerauga aguckt hot.

»Aber i ka sogar renna«, moint do dr Kloine ond wetzt ao scho glei los, a Schtück da Hof entlang. No kommt r zruck.

»Hosch gseha?«, frogt r schtolz. So send se ens Geschpräch komma. Dr Bua, a aufgweckts Bürschle von fönf Johr, hot viele, viele Froga ghet, für dia sich nemerd Zeit gnomma hot om se zu beantworta, ond s Mädle hot viel, viel Zeit ghet, so send se Freund wora. D Muater vom Bua, a Arbeitersfrau mit ma Schtall voll Kender, isch froh gwea, daß se wenigschtens ois weniger zom Versorga ghet hot, ond em Kätherle war des Buale a Hilf ond a Zeitvertreib. Wenn d Eltra ond Gschwischter da ganza Tag uf em Feld gwea send, no war s Kätherle wenigschtens et ganz aloi. Em Bua isch sella Zeit ao guat bekomma, denn se hänt äll dia guate Bröckala ehrlich toilt. Weil sui koine Schupfnudla kennt hot, was ehm sei Liablengsessa gwea isch, hot er ihr amol, ganz fescht en seiner et gar so saubra kloina Buabahand zemmadruckt, so a Schtückle wurmartigs Schmalzgebäck mitbrocht. Appetitaregend hot s nemme ausgseha, aber se hot s gessa. Was duat ma et älles für en guata Freund.

Dr Fuaß muaß weg

Nochdeam sich wieder a nuia Gschwulscht bildet hot, isch s Kätherle nomol operiert wora. Henterher hot dr Bauer zom Chefarzt komma müaßa.

»Ja, guter Mann, sie sehen, so geht es nicht weiter, das Bein ihres Kindes muß amputiert werden, sonst greift die Entzündung auf den Körper über, und dann ist nichts mehr zu machen.«

»Da Fuaß weg, mei Mädle a Krüppel!«, hot dr Vater gschtammlet, »ja gibt s denn do koi andra Lösong?«

»Sie sehen doch, wir haben unser Möglichstes getan. Wenn sie ihre Tochter retten wollen, müssen sie der Amputation zustimmen.«

»Noi«, hot dr Bauer gsait, der sich enzwischa vom erschta Schreck erholet ghet hot, »ei i dui Eiwilligong gib, do will e doch zaerscht no en andra Dokter froga!«

»Bitte, bitte, wie sie wollen, aber ich warne sie, wenn es nachher zu spät sein sollte, zeig ich sie an!«

Dr Herr Chefarzt isch vor Wuat ganz raot agloffa, ond er isch mit graoße Schritt em Zemmer auf ond a gschtampfet.

»Bitte, wenn se moinet, mir verschtande nex, no deant se halt ihra Krott wo andersch na.« Em Eifer isch r ens Schwäbische verfalla, dr Herr Dokter, »aber wenn s nex isch, zu ons brauchen sie sie nicht mehr herbringen!«

Dodrmit isch r naus zom Zemmer. Wia dr weiße Kittel oms Eck nom verschwonda isch, hot dr Bauer bloß no ghairt:

»Hot ma älles doa, ond so a Lackel derf . . .«

Do isch em Kirchhofbauer ao nemme ganz wohl gwea en seiner Haut, ond r isch zrück an Kätherles Bett.

»Kend, was moinscht, wenn wir mit dir zom Mendler ganga däte?«

»Ja, Baba, vielleicht ka mr der besser helfa!«

Em Johanneom

»Ja breng se halt her, dei Mädle, no gucket mrs a. Aber wenn ebbes zom macha isch, Bauer, billig wird s et, an Taußender muascht scho narichta!« So hot dr Mendler gsait, ond em Bauer isch dr Fuaß von seim Mädle an Taußender wert gwea.

»Goht en Ordnong«, hot dr Bauer gmoint, »liaber verkauf i a Schtückle Acker, wenn e dodrmit da Fuaß von meim Kend retta ka.«

So isch s Kätherle noch Ulm ens Johanneom zom Dr. Mendler komma. Do isch der Fuaß zom erschta Mol von oba bis an Zeiha na gröntget wora, ond ma hot feschtgschtellt, daß der Oiterherd et em Knui, sondern em Oberschenkel gsessa isch, grad do, wo dui Röntgaplatt vom Knuiröntga en Göppenga nemme naglanget hot.

Wia dr Dokter Mendler dia Röntgabilder so agucket, sait r:

»Do muaß a Knochariß gwea sei, der sich durch a Infektio entzündet hot, des hot dean Oiter geba.« No hot r sich em Kätherle zuagwendet: »Wo hoscht de denn amol so saumäßig nahaua, Mädle?«

Do isch ra plötzlich wieder der Ofall mit em Brennwasserfäßle eigfalla, ond se hot s verzählt.

»No han mers scho«, hot dr Mendler gmoint, ond hot no drzuagfüagt: »Also, morga kommscht dra!«

S operiert wera isch fürs Kätherle scho so ebbes alltäglichs gwea, daß se sich do drüber koine

Gedanka me gmacht hot, scho me beeidruckt hot se dui ganz andra Atmosphäre em Johanneom. So a gewissa Ruhe ond Gelassaheit isch gwea em ganza Haus, s Mädle hot sich von dr erschta Schtond a wohl gfühlt. Des Wohlfühla hot sich noch dr Operatio no gschteigret, denn von Schtond a isch se noch langer, langer Zeit zom erschta Mol wieder fiaberfrei gwea. Wia guat hot ra jetzt des sauber servierte Essa gschmeckt, wia liab ond nett waret dia Ordensschweschtra, ond dr Gipfel isch gwea, s hot a fahrbara Büacherei geba em Johanneom. Do hot ma jeden Donnerschtig sich Büacher raussuacha derfa zom Leasa ond hot se am nächschta Donnerschtig wieder abgeba könna ond nuie raussuacha. S Kätherle hot sich gfühlt wia em Hemmel.

Während ihrem langa Krankalager hot sich s Kend aweng en Zeitvertreib gschaffa, endem se us Wachs kloine Figürla gmacht hot. Do em Johanneom isch mit em Lebensmuat ao dr Schöpferdrang gwachsa. Wachsabfäll gibts do, wo Ordensschweschtra send emmer gnuag, ond so hot s Mädle de Schweschtra zliab ao schtatt Tierla kloine Madonna ond Kruzifixla gmacht. Wia dr Dokter Mendler bei dr Visit dia Figürla uf em Nachttisch schtanda gseha hot, schüttlet r da Kopf ond hot gsait:

»Kascht eigentlich bloß so heiligs Zuigs macha, oder dätscht ao amol en Dokter uf ma französischa Nachtschtuhal nakriaga?«

R hot koi Antwort abgwartet, weil s Mädle ao zu verdutzt gwea isch, ond isch mit seine Onderärzt ond Schweschtra em Schlepptau wieder naus zur Tür. Em Mädle hot s aber koi Ruha glao. So ebbes laß i mir et zwoimol saga, hot se denkt, der Dokter Mendler soll sein französischa Nachtschtuhal kriaga. Von de Schweschtra hot se sich bonte Wachsrescht erbettlet, weiß Wachs isch sowiaso gnuag do gwea, ond not hot se agfanga: Uf ma viereckiga, blechana Pflaschterbüchsle als Sockel, hot se mit viel Liabe ond Sorgfalt en barocka Nachtschtuhal gformt en brau, druf da Dokter em hochzogana weißa Kittel, so daß des nackige, rosarote Hentertoil ao guat zur Geltong komma isch. Ao von de Feiheita hot nex fehla derfa, et s Schtethoskop ond et dr Ondersuachongsschpiagel, no s Dreckle em Nachttopf dronder oder s Klopapier. Am Schluß hot se em Doktor no a Zeitong en d Händ geba zom Leasa. Wia no des Konschtwerk fertig gwea isch, hot s Mädle doch Bedenka kriagt, denn dui Ähnlichkeit mit em Chefarzt isch scho arg deutlich gwea. Se hot s wölla no abändra, aber dia Schweschtra hänt s et zuaglao, zu guat hot ehne ihra Chef als Nachtschtuhalbenützer gfalla.

So hot s Kätherle mit Angscht ond Herzklopfa dr nächschta Chefvisite entgegagwartet. Des »Prachtsschtück«, wia dia Schweschtra lachend gmoint hänt, war uf ihrem Nachttisch aufgschtellt. Zwar hot se sich selber eigschtanda müaßa, daß es ihr über älle Maßa guat gelonga isch, denn se hot s mit viel Liabe gmacht ghet, aber en moralisch sittlicher Hinsicht isch ra s halt doch et ganz schtubarei vorkomma.

Bis en Hals nauf hot dromm ao ihr Herzle bombret, wo dr Chef mit seim Ärzteteam ens Zemmer komma isch. Dr Dokter Mendler, der seine Auga emmer als erschtes uf da Patienta grichtet hot, wenn r reikomma isch, hot dui Figur erscht et bemerkt ond s Kätherle gfroget, wia es gang. S Mädle hot aber koi Wort rausbrocht ond hot bloß ganz ängschtlich zom Nachttisch nom gschillet. Dr Dokter isch ihrem Blick gfolgt ond do hot r s Figürle gseha. Ganz vorsichtig hot er s an s Licht ghebt ond agucket, ond no isch r en a obändigs Gelächter ausbrocha. So herzerfrischend ond froh, hot s Kend dean Ma no nia lacha ghört, er hot sich gfreut wia a Kend:

»Mädle«, hot er lachend gsait, »Mädle des hoscht könna, des macht dr et so glei oiner noch.« Älle hänt des Konschtwerk betrachta müaßa ond ehm emmer wieder beschtätiga, daß es ehm wia us em Gsicht gschnitta ähnlich seh. Schpäter hot r no dui Figur wia a Siegestrophäe durch älle Krankazemmer traga ond no uf seim Schreibtisch aufgschtellt.

No Johre schpäter, wo s Kätherle amol zu ra Nochontersuachong en s Johanneom komma isch, hot se dui Schweschter an dr Pforte glei mit de Wort empfanga:

»Ach ja, des isch doch onsra Figürlesmachere, dui mit em französischa Nachtschtuhal.«

Ond no hot se no verzählt, daß seller Nachtschtuhal no emmer uf em Chefarzt seim Schreibtisch schtanda däa.

Wia s Kätherle wieder zom Glauba komma isch

Do em Johanneom, wo a lebendigs Chrischtatom dr Tat gleabt wora isch, do hot ao s Kätherle ihren Gott wiedergfonda. S isch aber nemme seller liabe Ma gwea mit seim weißa Bart, der de Kender, wenn se brav gwea send, seine Engala gschickt hot, noi, des isch jetzt a ganz andrer gwea, a graißrer, a zom Fürchta graoßer ond allmächtiger Gott. En deam seine Händ des Schicksal von dr ganza Welt gleaga isch, ao des vom Kätherle.

Komma isch es so, nochdeam s Fiaber weg gwea isch, hot s Mädle nemme bloß vor sich nadämmret, sondern isch wieder zo ma bewußta Leaba aufgwachet. Mit deam Aufwacha send aber ao mit oim Schlag älle Froga ond Zweifel wach wora. Se hot do plötzlich wieder gschpürt, daß se jong gwea isch ond ao glei isch des Aufbegehra aganga:

»Worom, Gott, muaß i do em Krankahaus liega? Worom ben i krank ond mit deam schteifa Fuaß verkrüpplet, ha? Worom send meine Schualkamerädla älle gsond ond monter? Worom derf bloß i et sei wia andre, dia em Beruf drenna schtandet, dia lerna könnet?«

Freilich, s isch a beschränkts Leaba gwea drussa, denn do war ja der Kriag, der harte, obarmherzige Kampf. Aber s Kätherle wär halt zu gera ao drbei gwea, als Schweschter vielleicht en ma Lazarett, oder so. Sui aber isch dogleaga, otätig, Tag für Tag, Woch om Woch. Dui Riesawond isch halt bloß ganz langsam zuaghoilet. Ond irgendwann isch halt no s Häfele zom überlaufa komma, do hot ses richtig packt, do hot se ihren Krankahauskoller kriagt, ond wia. Mit em gsonda Fuaß hot se gega d Bettlad gschtampfet ond afanga schreia: »I will nemme, ond i ka nemme! I will nemme krank sei, i will ao leaba, wia de andre ao. Was han i denn dir atoa, Gott, daß du mi so schtrofescht, ha? Do, du Gott do oba, wenn s de überhaupt gibt, no gib mr amol a Antwort, sonscht schmeiß e drs na, mei Leaba, wo s doch sowiaso kois isch, so wia e ben!«

Vor Aufregong hot se gschwitzt, so isch s Kätherle außer sich gwea ond s isch ihr bittrer Ernscht gwea, des mit em Leaba naschmeißa. Doch do isch plötzlich Tür aufgmacht wora, s isch aber nemerd reikomma, bloß a Wischpra uf em Gang hot ma ghört ond dia leise Schritt von dr Schweschter, dui Tür om Tür aufgmacht hot. Ond no isch uf oimol a Liad erklonga wia von ma Engelchor so klar ond hell, ond der Refrai: »Wo findet die Seele die Heimat, die Ruh, wer deckt sie mit schützenden Fittichen zu? Hier, hier, hier ist sie nicht, die Heimat der Seele ist droben im Licht.« Der Refrai, der isch em Kätherle Antwort gwea. Se hot wohl gwißt, daß des koi Engelchor, sondern bloß dia Schweschtra gsonga hänt, ond doch hot se plötzlich mit Sicherheit gwißt, daß des ihr golta hot, ihr aloi. A Schtrom hoißer

Träna hot äll ihr Aufbegehra mitgnomma, ond wia dia Träna verebbt send, hot se wieder ja saga könna zu ihrem Leaba ond ao zu Gott, zu deam Nuia, deam Obegreiflicha.

Dr beschwerliche Weag dr Genesong

Mit deam oimoliga Ja zu Gott ond ihrem Schicksal isch natürlich et doa gwea. S war scho no a langer ond a beschwerlicher Weag dr Genesong an Leib ond Seele, dean des Mädle hot ganga müaßa. Bloß ganz, ganz langsam isch dui Wonde ghoilet ond des Auswechsla von selle Gazeschtroifa, mit deane ma dui Wond ausgschtopft hot, damit se von enna raus zuahoila soll, des Auswechsla war jedesmol a arg schmerzhafta Prozedur, do hot des Kend no manchen griesgrämiga Tag durchgmacht. Aber endlich war s soweit:

»Morga länt mr de z erscht Mol uf dein Fuaß naschtanda!«, hot dr Dokter Mendler gsait. Do isch s Mädle vor lauter Freud ganz us em Häusle gwea. Se hot dean andra Tag kaum verwarta könna. D Schweschter hot bremset: »Des goht fei et bloß so, wenn jetzt scho so lang nemme uf deine Füaß gschtanda bisch! Des goht fei bloß langsam!« S Kätherle hot aber bei sich denkt, des weret mr scho kriaga. Am andra Tag, do isch soweit gwea: D Schweschter hot ganz vorsichtig dia Füaß gnomma ond vom Bett nonder uf da Boda gschtellt. S Mädle selber isch no uf em Bettrand ghocket ond des war guat so, denn wia sich dia Füaß mit Bluat gfüllt hänt, isch des a Druck ond a Schmerz gwea, daß s Kend denkt hot, glei müaßts dia Füaß verreißa. Des ganze Zemmer hot sich uf oimol drehet, schwarze Schatta send uf se zuakrocha ond inschtinktiv hot se sich uf s Bett zrückfalla lao, ond ganz vorsichtig hot d Schweschter dia Füaß wieder nauf glegt. Do send ao dia Schatta langsam wieder verschwonda, do drfür isch aber d Enttäuschong über se hergfalla, ond se hot ihre Träna nemme zrückhalta könna.

»Brauchscht et heula, Kend«, hot dui Schweschter se tröschtet, »so goht s älle, dia noch so langer Zeit s erschte Mol aufschtandet, dia Füaß müaßet sich erscht wieder an dui andra Lage gwöhna.«

No isch se em Kätherle ganz sacht über d Hoor gfahra:

»Warscht doch bis jetzt so tapfer, Kend, muascht no aweng Geduld drzua lega, s kommt scho wieder.«

No hot se da Kopf wegdrehat, damit ma ihre oigane Träne et seha sollt, ond isch no naus zur Tür.

S Mädle hot scho wirklich etliches an Geduld zualega müaßa, denn dui Genesong isch bloß schrittlesweis vor sich ganga, wobei des schrittlesweis wörtlich zom nemma gwea isch. Erscht wars bloß oi Schrittle, no zwoi, no drei, ond no ao bloß wieder zwoi. So em Zickzack isch aufwärts ganga, doch s Kätherle hot sich feschst uf dui

Zuasag vom Dokter Mendler gschtützt, daß se wieder fascht ganz normal laufa wera könn. Se hot güabt ond güabt, denn endlich hot se a Ziel vor Auga ghet, oder besser gsait glei zwoi: Erschtens hot se wölla wieder amol über a bonte Frühalengswies laufa könna, ond zwoitens hät se wieder uf oim von ihre Gäul über d Felder galoppiera möchta.

Für dia Ziel isch ra koi Müh z viel gwea. Se hot güabt Tag ond Nacht. Ärm ond Füäß ond ao dr Rücka, älles hot ja kaum no funktioniert, älles hot wieder erscht en Üabong komma müaßa, ond se hot et luck lao.

Wieder nei ens Leaba

Nochdeam s em Kätherle emmer besser ganga isch, se isch scho wieder drhoim gwea vom Johanneom, hot ma sich Gedanka gmacht, was se wohl mit ihrer Zuakonft afanga könn. Zom Heirata wer se ja wohl kaum komma weaga ihrem Dappfuaß, ond s Baurasach schaffa sei wahrscheinlich ao nemme möglich, also sott se a sitzenda Beschäftigong kriaga, bei der se ao glei für d Zuakonft gsichret sei. Weil se ja ao no nex glernet ghet hot, isch ma schliaßlich uf s Telefoamt verfalla. Dui Sach könn koi Hexawerk sei, des wer se bald begreifa, ond dia Telefonischtinna seie ja sowiaso meischtens ledige Mädla. Dr Bauer isch uf s Poschtamt ganga ond hot sich erkundigt ond no hot s Mädle a Bewerbong mit Lebenslauf eischicka müaßa. Se hänt ao noch oiniger Zeit d Beschtätigong kriagt, daß s Kätherle, sobald se dodrzua en dr Lage sei, beim Telegraphaamt afanga könn. So wär also älles wieder ens Glois komma.

Doch do hot dr Kriag ao en Kätherles Leaba eigriffa. Dr Bruader, der so lange Johr zruckgschtellt gwea isch weagem Hof ond ao, weil r sowiaso bloß bedingt tauglich gwea isch, hot plötzlich sein Schtellongsbefehl kriagt ond hot müaßa eirücka. Do isch dr Kirchhofbauer mit seine vier Gäul em Schtall domm dogschtanda, denn en Kneacht hät ma zu der Zeit et amol gfonda, ao wenn man mit dr Schtallatern gsuacht hät. Zugleich hot aber ao die Poscht agfrogt, ob dr Bauer et dui Poschtzuaschtellong mit seine Gäul übernemma könn, weil dia Poschtauto älle ao eizoga wora seie. Do isch em Kirchhofbauer plötzlich a Idee komma:

»Mädle«, hot r zom Kätherle gsait, »wenn i dir dia Gäul eischpann, ond du bloß uf da Bock nauf sitza müaßtescht von deam Poschtwaga, no könntescht doch du mit de Gäul bei dr Poscht fahra.«

S Kätherle hot bloß gnickt, s isch ra et ganz wohl gwea drbei, denn se hot gwißt, wia wacklig ond behendret se no gwea isch. A Gsonds woiß des natürlich kaum, wiaviel Schrittla ma em Lauf des Tags so macht, ohne ebbes drbei zom denka. Se hot aber ao et noi saga wölla, wo se no endlich dui Glegaheit kriagt hät, ebbes von deam viela

Geld, des d Familie für sui hot aufbrenga müaßa, vielleicht wieder zruckverdeana zom könna. So hot ses halt amol probiert.

Dr Afang isch a harte ond schmerzhafta Zeit wora fürs Kätherle, denn mit deam uf da Kutschbock vom Poschtwaga naufsitza isch ja längscht et doa gwea. Ma hot ja dia Gäul ao omschpanna müaßa, send etliche Weag gwea ens Poschtamt nei zom Onterschreiba oder seine Schtonda eitraga. Ao hot ma oft vor lauter Kälte et uf em Poschtwaga sitza bleiba könna, no isch s Kätherle halt a Schtückle neabaher ghomplet bis se wieder warm gwea isch. Durch des viele Laufa hot sich der Fuaß aber ao emmer me kräftigt ond bald send dia Schmerza nemme so schlemm gwea.

Doch et bloß dr Fuaß hot sich erscht kräftiga müaßa, ao Kätherles oberührta Seele isch ja no so schwach ond zart gwea, ganz bloß ond ohne schützenda Haut. Se hot ema Pflänzle glicha, des onder Glas aufgwachsa isch, ond des ma plötzlich en Wend ond Wetter nausstellt. So isch des Mädle am Afang zemlich hilflos äll deane Intriga, schmierige Witz ond zwoideutige Schpäß ihrer nuie Arbeitskollega ausgliefert gwea, dia dui Oerfahraheit vom Mädle waidlich ausgnützt hänt. Zur Ehrarettong von de Poschtler muaß ma aber ao saga, daß etliche nette Beamte s Mädle en Schutz gnomma hänt, ond uf dia hot se sich ao verlassa könna.

Kätherles ageborener Senn für Humor, ihra schnella Auffassongsgab ond ihr leutseligs Weasa hänt ihr bald über älle Afangsschwierigkeita weg gholfa. Ihra zarts jongfreulichs Seelchen hot bald a feschta Haut kriagt, vielleicht sogar an manche Stella Schwiela. So isch se bald nemme so leicht zom verwonda gwea. Doch mit seller seelischa Hornhaut isch ao wieder a Schtückle Kindlichkeit verlora ganga ond do drfür a nuis Bröckele Erwachsasei drzua komma.

Dr Fenschtergucker

Zeit isch weiterganga ond dr Kriag ao. S Mädle hot enzwischa ihre zwoi Gäul aloi versorga könna, aber dr Kriag seine Leut nemme. D Siegesmeldonga send längscht versickret gwea, ond ma hot überall de letschte Reserva mobil gmacht. Ao em Kirchhofbauer seine schöane Gäul hänt dra glauba müaßa. Dodrfür hot r so ausgmuschtrete Schendmähra vom Pferdelazarett en Ulm zuadoilt kriagt. Dr Bauer hot sich jedesmol gschämt, wenn r dia kromme Böck hot eischpanna müaßa. Selle Kriagsgäul send aber meischt ao et bloß körperlich, sondern ao nervlich gschädigt gwea vom Kriag.

Dr oine isch beim leichteschta Knall auf ond drvo, a andrer hot sich, sobald dr Boda woich gwea isch, en Dreck nei glegt ond isch nemme aufgschtanda, wahrscheinlich hot der gmoint, r müaß en Deckong ganga. Dean, wo s Kätherle zom Poschtfahra ghet hot, isch eigentlich no dr Beschte gwea, denn außer daß r a klapprigs Knochagschtell gwea isch, hot r bis jetzt koine Mucka zoigt ghet.

Doch uf oimol am Mittag, wo s Kätherle d Poscht noch Kuacha hät brenga solla, hot dr Gaul glei bei de erschte Häuser uf oin Ruck kehrt gmacht ond isch Geislenga zu galoppiert. S Mädle hot gschwend gar et gwißt was los isch, hot wieder omdrehat, doch beim zwoita Afahra isch de gleich Komödie gwea. Beim nächschta Mol hot se no da Gaul am Zügel gnomma, doch an dr selba Schtell hot der Gaul afanga trampla ond doa, daß dia erschreckte Awohner schnell ihre ebaerdig gleagane Fenschterlädla zuagmacht hänt ond endlich isch dr Gaul vrbei ganga. Da ganza weitra Weag war nex weiters, ond ao de folgende Däg eta. Erscht am dritta Dag isch de gleich Komödie wieder gwea. Henterher war a ganza Woch a Ruha. S hot a Weile dauret, bis s Kätherle drhenter komma isch, daß dr Gaul jedesmol bloß bei Sonnaschei gschuiet hot. S isch des Aufblitza von dr Sonn en deane niedre Buzascheibla gwea, des dean arma Kerle wahrscheinlich an des Aufblitza von dem Gschützfeuer an dr Front erinnret hot.

S Mädle hot deane Leut, wo do gwohnt hänt, dui Sach erklärt ond dia send so nett gwea ond hänt bei Sonnaschei no von selber ihre Lädla zuagmacht, wenns Zeit gwea isch, daß dr Poschtwaga komma isch. So isch em Mädle schnell dr Ruaf: »Dr Fenschtergucker kommt!« vorausganga. No send dia Awohner gschpronga ond hänt ihr Fenschterlädla schnell zuagmacht.

Ao für Kirchhofbaurs selber isch von der Zeit a seller Gaul bloß no dr Fenschtergucker gwea.

Dr austriebene Traum

S isch zwar für älle Leut a trauriga ond schrecklicha Zeit gwea, sella Kriagszeit, vor ällem gega s Ende zua, aber am ärgschta hots doch dia jonge Leut troffa, deane ma eigentlich ihra Jugend gschtohla hot. Koi Luschtbarkeit hots geba em ganza Ländle, koine Tänz ond koine obeschwerte Jugendausflüg, koi ausgelasses Lacha ond Romtolla von verliabte Pärla. Bloß grad no dia Träum, dia send no frei gwea.

Wo s Kätherle ihr erschts Ziel, wieder uf ma Gaul zu reita, erroicht ghet hot ond ao ihr zwoites Ziel, ohne Schtock über a Wies zom laufa scho en greifbarer Nähe gwea isch, do send ao em Kätherle so langsam Träum aufgwacht, wia se bald jedes normale Mädle en sellem Alter wohl träuma mag. Send harmlose Träumereia gwea von deane se selber gwißt hot, daß se ja nia en Erfüllong ganga könne, aber s isch halt schöa gwea dra zom denka.

Do isch no bald der, bald jener als ihr Herzensprinz durch ihre Gedanka goischtert. Oft wars a Bekannter, oft a Wildfremder, der ihra Fantasie beschäftigt hot. Se hot sich ausgmolt, wia der om sui werba dät ond vielleicht gar saga, er könn ohne sui et leaba ond des mit deam Fuaß häb gar nex zom bedeuta, ja ond was halt so a törichts Herzle älles sich so zemmadenkt.

Doch selle Träum send em Mädle uf a draschtischa Weis austrieba wora. Von ihrem Schlofkämmerle, des se mit ihre Gschwister toilt hot, hot ma nonder gucka könna uf da Weag d Rorgaschtoig na.

Ma hot ao, je noch Wendrichtong guat ghört, was onda gschwätzt wora isch. Wia s Kätherle grad amol beim Bettschüttla gwea isch, hört se von do onda Schwätza ond Gelächter. Se isch ans Feischter ond hot nagucket. Do send do onda a paar Nochbersbuaba gschtanda, dia grad uf Urlaub drhoim gwea send ond hänt sich mit dr Nochbre, dera ihra Bua isch ao drbei gwea, onderhalta.

S Kätherle isch hentrem Vorhang vom offana Feischter gschtanda ond hot jedes Wort guat verschtanda. Se hot en sich nei glachet, denn do dronda hänt ses von de Mädla ghet ond des war et ointeressant. Glei druff aber hot se d Wohret von deam Schprichwort: »Dr Lauscher an dr Wand, der hört sei oigna Schand«, erfahra müaßa. Denn grad hot d Nochbre gmoint: »So weit brauchet r doch gar et suacha, do oba Kirchhofbauers Kätherle isch doch ao a netts Mädle.«

Do aber isch losganga, dia Kerle hänt glachet »Was, dui Bauratrampel«, hot dr oine pruschtet, »der Tipetap« isch dr ander eigfalla. »O mei, hot dr dritte glachet, »nex bessers als so en Henkefuaß hänt se ons et zom abiata?«

Em Kätherle isch jeder Lacher durch Mark ond Boi dronga. Ihre Träum send mit oim Schlag en tausend Fetza gschplittret wia a feins Gläsle, des ma mit em Hammer trifft. Se isch ens Eltraschlofzemmer nomm, do isch a Schpiagelschrank gschtanda ond vor deam isch se auf on a gloffa. Se hot deane Buaba recht geba müaßa, denn so, wia se bis jetzt gloffa isch, war se wirklich a wackliger Tipetap, denn se hot ihren kranka Fuaß sichtlich bloß nochzoga.

So derfs et bleiba, hot se bei sich denkt, des müaßt doch zom Nakriaga sei, daß e mit deam Fuaß ao vorwärts komm, wia mit em rechta.

Von do a hot se so lang probiert ond güabt, bis se fascht normal hot laufa könna, soweit des mit ma schteifa Fuaß überhaupt möglich gwea isch. Uf älle Fäll isch viel besser gwea wia vorher. Allerdengs, der Macka en ihrem Selbschtwertgfühl isch et so leicht zom korrigiera gwea.

Nina Jakowenko

En seller Zeit, wo s Kätherle ihre Gehverschönerongsversuach gmacht hot, hänt Kirchhofbauers a jonga Ukrainre zur Mithilf uf em Hof kriagt, weils ja henta ond vorna an Arbeitskräft gfehlt hot.

Den Arbeitskräftemangel hot d Regierong oifach domit ausglicha, daß se en de besetzte Länder dia jonge Leut noch Deutschland denschtverpflichtet hot. So hänt uf em Poschtamt etliche Holländer gschaffet, bei de Baura viel Ukrainer oder Pola ond en dr Fabrik, do send älle Nationa vertreta gwea.

Doch zur Nina, se isch a schtämmigs Mädle gwea, us irgend so ma Kuhanescht en dr Ukraine. Ihren Vater hänt se 10 Johr noch Sibirien verschleppt ghet, weil r domols et dr Kolchosewirtschaft zuagschtemmt ghet hot. Wo der wieder hoim komma sei, seiet sia Kender erscht amol vor deam fremda Ma drvogschpronga. Gschwätzt häb r von da a nemme viel, so hot se später em Kätherle verzählt. Zerscht aber isch se en Kirchhofbauers Kuche gschtanda ond hot koi Wort deutsch könna ond Kirchhofbauers natürlich koi Wort ukrainisch. So hot ma halt erscht amol sich mit Händ ond Füaß verschtändigt.

Allerdengs isch Bäure ganz us em Häusle komma, wo am Obed dui Nina ihra Bett us dr Kammer en d Küche brengt ond obedengt uf em Ofa schlofa will. S hot lang braucht, bis ma ehra hot klar macha könna, daß der eiserne Kochherd et mit deane Öfa en dr Ukraine zu vergleicha sei.

Doch d Nina isch a aufgweckts Mädle gwea ond hot bald awenga schwäbisch glernet ond s Kätherle ao schnell awenga ukrainisch, so hänt sich dia zwoi Mädle bald fließend onderhalta könna. Allerdengs hots do mit em Omgang mit selle Fremdarbeiter schtrenge Beschtemmonga geba, om dia sich dr Bauer aber en Dräck kemmret hot. So isch et ausblieba, daß am ma schöana

Tag dr Schutzma em Hof gschtanda isch:

»Bauer, i muaß de vrwarna«, hot dr Ma, Schmeckabecher hot r ghoißa, gsait, »du sollescht deine Regla em Omgang mit Fremdarbeiter et eihalta!«

»So, soll i des«, hot dr Bauer gmoint, »des muasch mr erscht gnauer erklära, aber komm doch mit rauf ond trenk erscht a Gläsle Moscht.« Wia dr Ma sein erschta Schluck dronda ghet hot, hot r sich s Maul agwischt: »Hoscht wieder en guata, des Johr«, sait r beifällig, »aber jetzt zom amtlicha. Also, Bauer, du derfscht dei Russe et mit dir am Tisch essa lao, vollends et mit deiner ganza Familie. Des goht doch et.«

Do isch dr Büttel aber beim Bauer schlecht akomma:

»Der, wo mit mir schaffet, der ißt ao mit mir!« Isch em Bauer sei knappa Antwort gwea.

»Bauer, i hao drs gsait. I muaß mei Pflicht doa. Des was du gsait hoscht, hoa i et ghairt, verschtohscht me.«

Druf hot dr Ma sein Moscht austronka ond isch ganga. S hot ao weiter koine Aschtänd me geba. D Nina hot ihra Arbet gschaffet, se isch zwar ebbes langsam gwea, aber willig ond dui Verschtändigong isch emmer besser wora. Bloß oines Tags, wo s Jörgle uf Urlaub do gwea isch, hot dui Verschtändigong nemme klappt. S Jörgle, der em Rheinland bei dr Flak gwea isch, hot ao dort mit Russa z dont ghet. Wia r mittags en dr Schuier an dr Transmissio hot ebbes repariera wölla, hät ehm d Nina helfa solla.

»Hol mir bitte die Leiter«, hot s Jörgle zu ra gsait, aber d Nina hot ehn bloß verschtändnislos agucket. »Die Leiter, Nina, die Leiter«, hot s Jörgle en seim beschta Hochdeutsch a paarmol wiederholet, doch s Mädle hot et begriffa. Do isch r herganga, hot se an de Händ gnomma ond isch nomm en d Remis ond hot dui Loiter selber gnomma: »Das hier, Nina, solltescht du holen.«

Jetzt hot s Mädle glachet ond gsait: »So, d Loiter hosch wölla, worom du et deutsch saga!«

Von Schtond a hot sich s Jörgle wieder uf sei schwäbisch bsonna ond dui Verschtändigong hot klappt.

D Nina isch bis Kriagsende bei Kirchhofbauers blieba ond dia zwoi Mädla send guate Freundinna wora. Oimol, bei ma Tiaffliegeragriff, send se ao mitanander oms Leabe grennt ond so ebbes verbendet scho. S Wegganga isch dr Nina schwer gfalla ond dia zwoi hänt sich verschprocha, sich regelmäßig zom Schreiba.

No beim Hoimtransport, wo ganze Züg mit Rückkehrer zemmagschtellt wora send, hot dr Nina ihra Zug en Amschtetta grad an Kirchhofbauers Acker no kurz aghalta, wo dia am Schaffa gwea send. Allerdengs isch s Kätherle et drbei gwea.

»Kätherle, Kätherle«, hot d Nina ganz aufgregt gschria, aber bei Kirchhofbauers hänt se erscht begriffa, wo fascht dr ganze Zug voll Mädla em Chor: »Kätherle, Kätherle« brüllt hot.

No endlich isch s Klärle nom ond d Nina hot ra a Schtückle Schoklad en d Had neidruckt:

Viele Grüaß an s Kätherle«, hot se gsait ond gheult, ond wia dr Zug agfahra isch no lang mit em Sacktüchle gwonka.

Des isch s letschte Leabenszoiche von dr Nina gwea, was s Kätherle ghet hot, denn so oft se ao gschrieba hot en d Ukraine, sogar en russisch, nia isch a Antwort komma.

Dr erschte Kuß

No emmer isch Kriag gwea, ond je länger r dauret hot, je schlemmer isch wora. Älles, was hompla könna hot, hot müaßa eirücka. Drhoim hänt bloß no alte Fraua ond alte Männer gschaffet ond jeda Menge Ausländer äller Nationa. An dr Parkschtroß, do wo s Kätherle mit ihre Gäul jeden Tag a paarmol vorbeifahra hot müaßa, send dia Ausländerbaracka von dr WMF gschtanda. Do send hauptsächlich Jugoslava ond Kroata drenn gwea. An dr Parkschtroß isch da Berg nauf ganga ond do isch s Kätherle oft nebrem Waga hergloffa, damit dia Gäul et ihra Gwicht ao no da Berg nauf hänt ziaga müaßa.

Do isch es oft vorkomma, daß dia Kerle, dia vor de Baracka gschtanda send noch Feierobend, ebbes zu ra romgschria hänt. Se hots meischt et verschtanda ond sicher isch des ao nex Rechts gwea.

Mit dr Zeit hot s Mädle de oinzelne onderscheida könna ond gmerkt, daß oiner drvo, a bluatjongs Bürschle, öfter als de andre do gschtanda isch ond ehra nochgucket hot. S isch a hübscher Kerle gwea, fascht a Bilderbuachtyp. Der hot aber nia ebbes romgschria. Oimol aber, s isch em Wenter gwea ond scho donkel, do hot der onda am Berg uf se gwartet. Er isch rom komma zu ihr ond isch oifach so mitgloffa neabrem Waga her. Ond plötzlich hot r en gebrochenem deutsch afanga schwätza: »Ich sein Kroat, meine Vater Bauer, i nix schprechen gut deutsch, aber ich immer sehen, du prima, du viel schön.«

So ebbes hot em Kätherle bis jetzt no koiner gsait ghet, ond s isch ra gar et orecht gwea. Doch wia se grad so drüber nochdenka hot wölla, nemmt se der Kerle plötzlich en Arm ond druckt en Kuß uf ihre Lippa. Des isch älles so schnell ond überraschend komma, daß se überhaupt et druf hot reagiera könna, ond glei isch dr Kerle drvogschpronga. Do hot s Mädle als erschts a Wuat kriagt, weil ra der so mir nex dir nex da erschta Kuß graubt hot, ond zugleich isch se ehrlich enttäuscht gwea. Da erschta Kuß hot se sich en ihre Träum so oimolig ond wonderbar vorgschtellt ghet, ond jetzt isch älles so schnell ganga, daß se gar nex hot denka könna. Ond no, ja no isch se halt doch ao a bißle glücklich gwea. Hot ra doch der Kuß zoigt, daß se trotz ihrer Behenderong koi Neutrom gwea isch, ebba ao a Mädle. So isch des a Pfläschterle gwea uf ihra agschlages Selbschtwertgefühl, des onder deam Gelächter von selle Nochbersbuaba doch arg glitta ghet hot. S Mädle hot sellen Kroata bloß no oimol von weitem gseha ond no nemme. Wahrscheinlich isch r en a anders Lager komma.

Ausklang

Wenn ma sich s recht überlegt, no isch mit sellem erschta Kuß Kätherles Kenderzeit z End ganga. S isch nämlich no gar nemme lang agschtanda, bis se da erschta richtiga Kuß kriagt hot, der no älles des erfüllt hot, was se beim erschta vermißt ghet hot, denn s Mädle hot d Liab kenna lerna derfa.

Do isch us em Kätherle no a Käthe wora, ond des wär no wieder a anders Kapitel für sich.

Worterkläronga

abe	*herunter*
aloi	*allein*
ällaweil	*immer*
anetrotlet	*weitergeschlendert*
apoppela	*anmachen*
aufegroiflet	*hinaufgerannt*
äwel	*immer*
aweng	*ein wenig*
bägget	*hustet*
bergei	*Berg abwärts*
däa/däte	*tun würden*
deant	*tun*
deffa	*dürfen*
desweaga	*deswegen*
doa	*tun*
dodrbei	*dabei*
drweil	*solange*
druf	*drauf*
drussa	*draußen*
dürr	*mager*
ebbes	*etwas*
egal	*einerlei*
eiträchtig	*im Einverständnis*
ehra	*ihr*
eta	*nicht*
Flickakischt	*Fleckenkiste*

gattig	*handlich*
gera	*gern*
gerscht	*gestern*
gherret	*fertig bekommen*
ghocket	*gesessen*
gloset	*gelauscht*
glanget	*gegriffen*
gloitet	*geleitet*
gnottlet	*geschüttelt*
goht	*geht*
graißer	*größer*
Gruscht	*Gerümpel*
gsait	*gesagt*
gschwätzt	*geredet*
Gwandt	*Flur*
gwetzt	*gerannt*
gwurmet	*geärgert*
hantig	*hektisch*
hauset	*wohnt*
hänt	*haben*
häb	*hätte*
helenga	*heimlich*
henig	*kaputt*
hudla	*hetzen eilen*
Kees	*Dreschabfall*
klois	*kleines*
kois	*keines*
knitze	*witzige*
Kraga	*Hals*
kriagt	*bekommt*

lao	*lassen*
länt	*lassen*
luck	*locker*
Mödela	*Eigenheiten*
mitlosa	*mithören*
na	*hinunter*
naghaglet	*hingefallen*
nagloffa	*hinunter gelaufen*
nagroiflet	*hinunter gerannt*
naglanget	*hingereicht*
naknuilet	*hingekniet*
nakriaga	*hingekriegt*
narret	*ärgerlich*
nabrocht	*erreicht*
nemerd	*niemand*
neidabba	
neitrappa	*hineintreten*
nex	*nichts*
nobel	*vornehm*
nomel	*noch einmal*
nonder	*hinunter*
oiga	*eigen*
oinaweag	*trotzdem*
ra	*herunter*
raglanget	*heruntergeholt*
raglupft	*heruntergehoben*
Rabamischte	*Auffüllplatz*
romgneschtlet	*herumgemacht*

rompfurra	*herumsaußen*
	herumschwirren
schillet	*schief sehen*
Schnille	*Schnuller*
selle	*jene*
sellem	*jenem*
schiergar	*fast*
schnurstraks	*geradewegs*
sodde	*solche*
sottige	*solche*
sotta	*sollte*
schtät	*langsam*
tät	*würde tun*
tretza	*hinhetzen*
Trauerhäs	*Trauerkleidung*
verschtao	*verstehen*
Wai	*Weh*
weggschmissen	*weggeworfen*
werrle	*wahrhaftig*
wonderfitzig	*neugierig*
Zaiha	*Zehen*
zairscht	*zuerst*
zema	*zusammen*
zemasetza	*zusammen setzen*
Zeileta (Schwaden)	*Reihen*
zuzlet	*geschleckt*
zmol	*auf einmal*

Inhaltsverzeichnis

Zur Eiloitong	5
So hot s agfanga	8
Dr Keuchhuschta	12
De erscht Sünd	14
Kätherles Abstinenz	16
Dr präparierte Hereng	18
Dr zwoite Schualtag	22
A Diebschtahl mit Folga	25
S Traumkloid	27
S erscht Gedicht ond s erschte Haus	30
Erschta politischa Bildong	35
Dr Barometer schpennt	36
Dr verpaßte Johrmarkt	39
Dr Moscht en dr Moschte	44
Dr Goga	49
Huafeise brenget Glück	51
S Legoi	54
D Geburtstäg ond wenn ma krank gwea isch	58
Rebellio em Hennahof	60
Frucht des Zorns	63
Dr Michel ond sei Holz	68
Eile mit Weile	72
Dr Zwetschgakuacha	73
Mitternachtsschpuk	76
Fasnet uf dr Alb	79
Dr Marco ond dui Henn	82
S Hornissanescht	85
Sommerschpaß ond Wenterfreuda	89

Dr Ofall	95
S Floß	99
A Katzaschicksal	104
S Kätherle wird älter	107
Dreschmaschee	110
Dr Wacker Willi ond sei Gockel	115
S Taußendjährige Reich	119
D Konfirmatio	122
Dr Schual entwachsa	126
Em Ombruch	128
Nomel a Ofall	130
D Kranket	132
Dui Welt vom Kranka isch a andra Welt	137
Aufgeba	140
Dr nächtliche Engel	141
Hoimkehr ond Rollschtuhalzeit	144
Dr Fuaß muaß weg	146
Em Johanneom	148
Wia s Kätherle wieder zom Glauba komma isch	152
Dr beschwerliche Weag dr Genesong	154
Wieder nei ens Leaba	156
Dr Fenschtergucker	159
Dr austriebene Traum	161
Nina Jakowenko	163
Dr erschte Kuß	167
Ausklang	169
Worterkläronga	170

Im Verlag Karl Knödler sind u. a. noch erschienen:

Fred Boger
Aus em Ländle
M. Bosch/J. Haidle
Schwäbische Sprichwörter und Redensarten
Fritz Joachim Brückl
Peterle vo dr Pfaffaschtub
Franz Georg Brustgi
A rechter Schwob wird nie ganz zahm
Heiteres Schwabenbrevier
Kleines Schwäbisches Wörterbuch
Lichter spiegeln im Fluß
Uf Schwäbisch gsait
Schnurren um Franz Napoleon
So send se, dia Schwoba
Zu sein ein Schwabe ist auch eine Gabe
Kurt Dobler
Fürs Herz ond Gmüat
Norbert Feinäugle
Kleines Reutlinger Lesebuch
Harald Fischer
No so drhärgschwädsd
Lore Fischer
Von Adam ond Eva bis zu de Schwoba
Bruno Gern
Des laß dr gsait sei
Sonnawirbel
Erwin Haas
Ällaweil gradraus
Wohl bekomm's
Karl Häfner
Alte Leut
Mier Schwobe wearnt mit vierzge gscheit
Vom schwäbischen Dorf um die Jahrhundertwende
Vom Vierzger a'
Georg Holzwarth
Denk dr no
Ernst Kammerer
So isch no au wieder
Karl Keller
Poetisches Hausbüchlein für Schwaben
Otto Keller
Sacha ond Sächla
Schnitz ond Zwetschga
's End vom Liedle
Lore Kindler
D'r Spätzlesschwob
Matthias Koch
Kohlraisle
Wilhelm König
Dees ond sell *(auch mit Schallplatte)*
Hond ond Kadds
Kurrle/Marx-Bleil
Gell, do guckscht!
Hedwig Lohß
Aus meim Schwalbanescht
Eugen Lutz
Mei' Wortschatz

Manfred Mai
So weit kommts no
Helmut Pfisterer
Weltsprache Schwäbisch
Rösle Reck
Älles ischt menschlich
Marie Richter-Dannenhauer
A bonter Strauß Vergißmeinnicht
Ilse Rieger
Oder it?
Sebastian Sailer
Schriften im schwäbischen Dialekte
Adolf Schaich
Jetz isch letz
Hilde Schill
Moosrösle
s' Schatzkämmerle
Heinz-Eugen Schramm
G-W (Gogen-Witze)
Kaum zu glauben . . .
Magscht mi?
Maultasche'
Wia mr's nemmt
Lina Stöhr
Grad zum Possa!
Hoimetkläng
Wendelin Überzwerch
Erzähltes und Geschütteltes
Uff guat schwäbisch
Sprache des Herzens
Werner Veidt
Heiter fällt das Blatt vom Baum
I möcht amol wieder a Lausbua sei
Mr schlotzt sich so durchs Ländle
Oh Anna Scheufele
(Alle 3 Ausgaben auch in Kassette)
Friedrich E. Vogt
Bsonders süffige Tröpfla
En sich nei'horcha
Schwabenfibel
Schwäbisch mit Schuß
Schwäbische Spätlese in Versen
Täätschzeit
Winfried Wagner
Berno
Bloß guad, daß i an Schwob ben
Mir Schwoba send hald ao bloß Mensche
Ons Schwoba muaß ma oifach möga
Schwäbische Gschichta
Rudolf Weit
Grad so isch
Net luck lao
No net hudla
Ois oms ander
Willrecht Wöllhaf
Was mr grad en Strompf kommt
Heinz Zeller
De ei'gspritzt Supp

In allen Bändchen findet der Leser und Vortragskünstler humorvolle, bodenständige »bodagscheite« Gedichte, Witze, Anekdoten und Prosatexte zum eigenen Vergnügen und zum Vortragen in fröhlichen Kreisen.

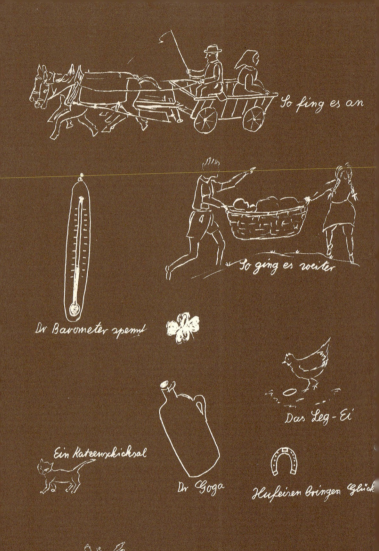